女性短经典
何向阳 主编

双鱼星座

徐小斌 著

江苏凤凰文艺出版社

序言

我们为什么写作？

何向阳

我们为什么写作？这几乎是每位作家都要问到自己的问题。但是扪心自问之时，女性的回答可能独辟蹊径，也更加与众不同。

1947年7月3日，西蒙娜·德·波伏瓦在写给友人的信中言："生活中的一切我都想要。我想是女人，也想是男人，想有很多朋友，也想一人独处，想工作和写出很棒的书，也想旅行和享乐，想只为自己活着，又不想只为自己活着……你看，要得到我想要的一切，殊为不易。"① 七十七年之后我读到这段文字，心生感慨，我想，也许写作可以做到，写作使得我们暂时抛开性别，在"既是……""也是……"的结构中打破界限，使得"想""也想"和

---

① ［法］西蒙娜·德·波伏瓦、［德］爱丽丝·施瓦泽：《波伏瓦访谈录》新版序言，刘风译，北京联合出版公司2024年3月版。

"又不想"三者能够同时兼有而包容,从而避免波伏瓦所言的"疯狂",因为她紧接着下面一句就是:"要是做不到,我会气疯。"①

至于写作的状态,1976年5月在回答波尔特的关于写作与电影并行的创作问题时,玛格丽特·杜拉斯给出的言说似乎有些欲言又止:"只有当我停止写作,我才停止,是的,我才停止某种……呃……说到底,发生在我身上最重要的事情,也就是写作。但我最初写作的理由,我已经不知道是什么了。"② 这一回答模棱两可,但它肯定了一件事:写作,"是发生在我身上最重要的事情"。杜拉斯曾专门有一部书名曰《写作》,这种生命的纠结,令我想起1985年由法国巴黎图书沙龙向世界各地作家提出的问题及其答复,在上海文化出版社选编的中译本《世界100位作家谈写作》中,作家们对"为什么写作"这一问题莫衷一是,答案五花八门:法国女作家玛格丽特·杜拉斯的回答是"对此我一无所知";而英国女作家、后获得诺贝尔文学奖的多丽丝·莱辛的答案是,"因为我是个写作的动物"。③ 一晃,这场问答已是四十年前的事了。然而,问题

---

① [法]西蒙娜·德·波伏瓦、[德]爱丽丝·施瓦泽:《波伏瓦访谈录》新版序言,刘风译,北京联合出版公司2024年3月版。
② [法]玛格丽特·杜拉斯、[法]米歇尔·波尔特:《在欲望之所写作:玛格丽特·杜拉斯访谈录》,黄荭译,南京大学出版社2024年7月版,第5页。
③ 转引自何向阳:《我为什么写作》。见何向阳:《被选中的人》,花山文艺出版社2022年3月版,第8页。

似乎仍在我们心底,成为纠缠。

写作的动物。本能的表达。有些像杜拉斯书中转述的法国史学之父米什莱所谓的女巫,"因为孤寂,对今天的我们而言无法想象的孤寂,她们开始和树木、植物、野兽说话,也就是说开始进入,怎么说呢?开始和大自然一起创造一种智慧,重新塑造这种智慧。如果您愿意的话,一种应该上溯到史前的智慧,重新和它建立联系。"① 其实,杜拉斯于1976年5月的答波尔特问,关于居所中写作的主题,英国女作家弗吉尼亚·伍尔夫1928年写就的《一间自己的房间》已有类似答案。然而从1928年到1976年,四十八年过去,这个问题仍然能够在另一国度的女性写作者中产生共鸣,其意深远。

重新和它建立联系。没到终点。时间上也没有终点。事实是,距杜拉斯1976年之答问二十年后,1996年,苏珊·桑塔格在一篇题为《给博尔赫斯的一封信》的短文中,表达了她对写作的认识:"你说我们现在和曾经有过的一切都归功于文学。如果书籍消失了,历史就会化为乌有,人类也会随之灭亡。我确信你是正确的。书籍不仅仅是我们梦想和记忆的随意总括,它们也给我们提供了自我超越的模型。有的人认为读书只是一种逃避,即

---

① [法]玛格丽特·杜拉斯、[法]米歇尔·波尔特:《在欲望之所写作:玛格丽特·杜拉斯访谈录》,黄荭译,南京大学出版社2024年7月版,第7—8页。

从'现实'的日常生活逃到一个虚幻的世界、一个书籍的世界。书籍的意义远不止于此。它们是一种使人充分实现自我的方式。"①

一种充分实现自我的方式,是写作的意义所在。对于女性尤其如此。同时,一个作家写作,也是以梦想与记忆的方式,创生着人类及其历史。这是写作者的信仰,也是写作面对的最大现实。

但人类历史创生进程中,女性所起的作用往往并不常得到应有的重视。正如马克思在《致路·库格曼》中讲:"每个了解一点历史的人也都知道,没有妇女的酵素就不可能有伟大的社会变革。"② 女性的进步是社会进步的尺度和镜子,女性更是创生人类及其历史的重要力量。这封信写于 1868 年 12 月 12 日的伦敦。可惜 156 年后的今天,这一思想仍然有待于人类全体的再度发现和更深认知。

《社会变革中的女性声音》③ 中,我曾表达这样一种观点,中国女性在 20 世纪经历了三次思想解放。1919 年新文化运动,1949 年新中国成立,1978 年改革开放,每次解放都激发了作家的创造。活跃、敏感的女作家及其智慧、

---

① [美]乔纳森·科特、[美]苏珊·桑塔格:《苏珊·桑塔格访谈录:我创造了我自己》前言,栾志超译,广西师范大学出版社 2023 年 10 月版。
② [德]马克思:《致路德维希·库格曼》,见[德]马克思、[德]恩格斯:《马克思恩格斯全集》第三十二卷,人民出版社 1974 年 10 月版,第 571 页。
③ 何向阳:《社会变革中的女性声音——"中国当代著名女作家大系"(小说卷)总序》。见何向阳:《似你所见》,中国书籍出版社 2021 年 2 月版,第 39 页。

灵性的表达，已成为人类文化书写力量中强大的一部分。

今日中国，正经历着历史上前所未有的深刻变革，作为中国社会变革的见证者、人类文化进步的推动者、中国式现代化进程的记录者，中国女作家们对于时代变革与文化进步的书写所留下的精神档案，弥足珍贵。

"女性短经典"的集结，是中国女作家历经20世纪三次思想解放基础之上新的思考与收获。当然，每部书从不同侧面各自回答了"我们为什么写作"的问题，同时，它们在艺术和心灵层面带给读者的，也比此前中国历史上任何一个时期女性的写作成果都更富足和丰硕。

成为这一成果的亲证者与创造者，十分幸运。

期待着您的加入。

是为序。

2024年7月22日　北京

（何向阳，诗人、作家、学者。出版有诗集《青衿》《锦瑟》《刹那》《如初》、散文集《思远道》《梦与马》《肩上是风》《被选中的人》、长篇散文《自巴颜喀拉》《镜中水未逝》《万古丹山》《澡雪春秋》、理论集《朝圣的故事或在路上》《夏娃备案》《立虹为记》《彼岸》《似你所见》、专著《人格论》等。作品译为英、意、俄、韩、西班牙文。获鲁迅文学奖、冯牧文学奖、庄重文文学奖、上海文学奖等。）

目录

对一个精神病患者的调查　001

双鱼星座　097

银盾　207

女觋　223

对一个精神病患者的调查

这口小湖上结的冰仿佛又加厚了，在溶溶月色中泛着蓝幽幽的光。

上次和她在一起的时候，这灌木丛的叶子还没落光。微风拂来，那几片零落的叶子还会沙沙作响。她整个儿缩进那件褐色和暗红色条子的老式棉袄里。那棉袄是那么大，那么臃肿，她缩在里面像个小孩儿。发黄的柔软的发丝覆盖着她半个额头，双颊在月夜里呈现着病态的青白。尖尖的下颏儿倒是挺富于表情地向上翘着，使人能想象出她儿时的俏皮劲儿，淘气劲儿。

"真的，不骗你。我一点儿也不骗你。"她说。她这样说了多少次了。每当她这样说的时候，她眼神儿里就流露出那么一种可怜巴巴的神色。好像此刻我的一句话，一个反应都会成为她的判决书。

"我相信你说的都是真的。"我这样说。笑笑。我也这样说了多少次，笑了多少次了，以至已经不想再笑了。我把疑问埋在心里。我想说，我相信你说的一切，但我觉得那很荒唐。是的，荒唐，但为什么要说出来呢？或许整个世界都是由荒唐构成的呢！难道我和她的相识、相爱不是很荒唐，很莫名其妙的吗？

我始终怀疑她有一种穿透力，有一种非凡的心灵感应，我疑心她读出了潜台词。要不，她干吗反复进行这种无益的表白呢？要不，就是她身上还有一种没被发现的偏执。我的天！被害妄想型已经够了，再加上个偏执狂，她还活不活，我还活不活？！

"你看，就是这样子的，和我梦里一模一样。"她紧紧地怕冷似的偎着我，眼睛里现出一种迷离的神色。这眼神使她的眼睛显得很美。我轻轻地吻吻她的睫毛。我知道，她又要讲她的梦了。第一百二十回地讲她的梦，那个奇怪的、神秘的梦。对正常人来讲是不可思议的梦。这种梦也许只能产生于天才或者精神病患者的意识之中。

"那口蓝色的结了冰的小湖，就是这么被朦朦胧胧的月光笼罩着。周围，就是这样低矮的灌木丛。风，轻轻地吹，灌木丛沙沙地响。"她睁大眼睛，盯着湖对岸的一片白色的光斑，"我一个人来到这里。是的，只有我一个人。我走到湖面上，轻轻地滑起来。我不会滑冰，也从来没滑过。可是……也不知是怎么回事，就那么旋转了几下之后，我就轻轻易易地滑起来。那是一片朦朦胧胧的世界，在那个世界里，你会忘了一切，甚至忘了你自己。你忘了你自己，才感到自己是自由的。真的，我无法形容我当时的那种感觉——那是一种身心放松之后的自由。我飞速地旋转着。头顶上是漆黑的夜空和一片泛着微红色的月亮。冰面上泛着一层幽蓝的寒光。我越滑越快，听见耳边呼呼的风响，在拐弯的时候，我仿佛有一种被悠起来的感觉。我想起童年时荡秋千的情景。可那时是在碧蓝的晴空里。空中飘荡着伙伴们的欢声笑语。现在呢，是在暮色深浓的夜里，周围是死一般的静寂……我就那么飞着、飞着，月光渐渐变得明亮起来了。突然，我发现湖面上的一个大字——哦，是的，那湖面上有字——"她突然顿住，声调变得恐惧起来了。

我默默地望着她。第一次听她讲这个梦，听到这里还真有点毛骨悚然。——不得不承认，她是个讲故事的能手。可是现在，这故事我听了不知有多少遍了。它的开头、结尾、内容……我完全可以一字不差地背下来。岂止是背下来，我还可以编成小说，拿到一家三流杂志上去发表。

但我不愿打断她。不仅不打断，而且每逢听到这里，便条件反射似的集中起全部注意力,一动不动地看着她,我知道她愿意我做出这样的神情,她希望我看着她的眼睛,听她讲。

"那是一个大大的'8'字。这'8'字在蓝幽幽的冰面上银光闪闪的……哦,我这才发现,原来我一直按照这条银光闪闪的轨迹在滑行,不曾越雷池一步。而且我发现,这'8'字已经深深地嵌入冰层——这证明不知道有多少人在上面滑过了。

"我想摆脱这个硕大无朋的'8'字,于是有意识地按别的路线滑行。可是,我的双脚却被一种无形的引力牢牢钉死在这个'8'字上,无论如何也不能如愿。我惊奇极了。我感到这是一块被施了魔法的冰面——"

突然,她顿住了。在这刹那间,一切似乎都突然静止了。连风也不再吹。她伸出一个手指头按在嘴巴上,眼睛里充满了恐怖的光。

"怎么了?"我问。我不知道这个疯姑娘又在玩什么花样。然而不能不承认,她的确富于感染力。

"看,看哪!你看那冰上——"

她声音里的恐惧感是那么强,以至于我这个彻底的唯物主义者也感到后背发麻,我顺着她的目光望去,只见那平展展的蓝色冰面上,写着一个硕大无朋的"8"字。

我感到自己是被裹胁到一桩荒唐的事情中去了。常常听人说，逻辑和常规不适用于女人，这次我可是深有体会了。我的女朋友谢霓平时可谓是个明智决断、不让须眉的姑娘，可这回却干出了一件荒谬绝伦的事。更加荒谬的是，她还硬要我充当这一荒唐事件的牺牲品。我的第一反应当然是断然拒绝。然而，女人的韧性和"磨性"又是一桩法宝。我终于屈从了。

我和谢霓是同班同学。五月份我们开始毕业实习。我们这些"文革"后的第一届心理系毕业生备受优待，被安排在北京最大，也是全国闻名的一所精神病院里实习。说实话，我对病理心理并不很感兴趣。如果将来有机会读研究生，我倒是宁愿选择教育心理或实验心理。

可是谢霓不。她考入北大心理系之前似乎就对精神病学很感兴趣。入学后，常常看到她捧着弗洛伊德、肯农等人的著作。有人说，研究病理心理、变态人格的人容易把自己也"折"进去。可她坚信自己神经的强度和韧性。

这回到J医院实习，她定了一套雄心勃勃的计划，我看着都眼晕。她挺怪。平时处理事情颇具大将风度，连班里很多男士都对她的冷静务实深表钦佩，认为她是女性中少有的务实派。可她骨子里却是个理想主义者。这一点，恐怕只有本人知道。你看，就说她这个计划吧，从微观角度看来，倒还像那么回事，似乎可行；可是从整个宏观角度和计划后面藏着的"潜计划"看来，她不仅是个虚无缥缈的理想主义者，而且是个带有点狂气和危险性的理想主义者了。

实习的头一天我们来得很早。病人们还没有结束早餐。谢霓悄悄扯扯我的袖子。我这才发现,病人们捧着的白色粗陶碗里,只有灰乎乎的粥和几根棒槌似的老咸菜。那粥,一看就是头天的剩饭煮的。

不知是不是缺乏阳光的缘故,病房里显得很暗淡。墙早已不那么白了,上面布满了斑斑点点。病人们倒是挺安静,对我们的到来漠然置之,甚至连眼皮也没有抬一下。

"东面第二张病床是躁狂抑郁症,王守志,部队来的;第六张病床是强迫性精神分裂症,乔德轩,教师。有兴趣的同学可以去跟他们聊聊。"郑大夫向我们介绍。

郑大夫是全国著名的病理心理学专家。是他在全国首创了心理咨询门诊。我们不少同学都读过他写的东西。没想到他还很年轻,四十岁出头,皮肤白净,一双眼睛十分精明,待人接物,一团和气。另一位刘大夫是他的学生,二十多岁,身材颀长,有一米八五以上,可脸还是个娃娃脸儿,满脸稚气。紧跟在老师后面大步流星地走着,白大褂像鸽子尾巴似的晃来晃去。

几个同学留在男病房。多数同学跟着郑大夫来到女病房。一进去,劈面便遇见两个青春妄想型病人,向我们频频飞来一些莫名其妙的眼神。谢霓立即向我投来一个意味深长的、诡谲的微笑,我装作没看见,把头转了过去。

"西面那个角落是个重病号。景焕。原来是个街道工厂的出纳员。"郑大夫的声调依然不带任何色彩,但目光里却掠过一丝忧郁,"被害妄想型,这已经是二进宫了。"

这就是她,那个景焕。名字就有些与众不同。她缩在角落里,蜷成很小的一团。肥大的病衣把她全身所有的部位都掩住了,看不出她的体型。她长着一张很小的鹅蛋脸。脸色灰白,头发稀而黄,梳成一根蓬蓬松松的辫子——这种发型已经太过时了,但对她来说,却有着一种特殊的韵味。这使她看起来更像个豆蔻年华的少女。她是那样年轻,真想象不出她老了是什么样子。她的眼睛和长长的睫毛像一扇门,遮蔽了她的心灵。可是,她的嘴巴却暴露了她内心世界的一角。是的,她的嘴长得很美,丰满、生动而富于表情。我想,假如她再胖些,眼睛再有神些,肤色再鲜润些,那么一定是很好看的。现在呢,当然不能说是漂亮了。

"景焕,这些都是来我们医院实习的大夫,"郑大夫俯下身,口气温和地说,"他们都跟你年纪差不多,你不用怕。怎么样,这两天好些吗?"

她抬起眼帘。她的眼睛不大,却是秀丽细长的那一种,很像绢画上的古代仕女。她的目光看上去很温和,看不出有什么不正常的地方。

"你叫景焕?这名字挺好听呀!"谢霓靠近她床边。看到景焕之后,我认定她便是谢霓需要的"模特儿"。果真如此。

"是《红楼梦》里的'警幻'仙姑吗?"谢霓故意跟她开玩笑。

"这名字是我妈妈给起的。"突然,景焕开口了。她说话的声音很低很柔,像是害怕别人听见似的。

"哦?那我猜,你一定有个好妈妈,是吗?"谢霓笑眯眯地看着她。

景焕的眼睛又垂下去了。

我看了谢霓一眼。我们早就看过景焕的病历,了解到她有着一个极不和睦的、终日吵闹的家庭。她本人也犯过错误。她之所以被街道工厂开除,据说是由于和以前的男朋友伙同贪污。

我不明白谢霓的用意。

谢霓的家坐落在市中心。是那种独门独院的老式厢房。全算起来得有十来间。门口还有个不小的院子,栽着各式花草果木。在现在住房拥挤的情况下,这儿可真算是神仙住的世外桃源了。

我头一次走进这间客厅还是在三年前,大学一年级的时候。我那时当班长。为了应付"五四"青年节的文艺节目,我不得不低头踏上这座高门槛——尽管早有耳闻,她家的庭院之整洁、客厅之堂皇、陈设之高雅还是令我吃了一惊。

那是五月,艳阳当空,庭院里的竹篱笆上爬满了金银花,靠墙的地方栽着几株凤尾竹。窗台上,齐刷刷地摆着一排紫砂陶小花盆,栽着各色鲜花。倚窗台的一根较粗壮的葡萄藤上,还挂着一个相当精美的鸟笼,里面是只画眉,笼中挂着四个极精巧的小磁杯,分别装着肉松、蛋黄、小米和芝麻。

一进门儿，正面墙上挂着一副民族风格很浓郁的壁毯。那是两个造型别致的"飞天"，用一色的青铜色线织成，很美丽。壁毯下面是一张古色古香的琥珀石长桌，上面放着盆景和金鱼缸——都很新鲜：盆景的盆是个造型怪异的根雕，从一棵古树上伸出一枝枯枝，上面栖着只长尾鸟。布满苔藓的假山石长在古树洞里，假山石的洞穴里还长出几片飘飘逸逸的文竹。金鱼缸不是玻璃的，而是石头的，一种我从来没见过的石头，透明程度像是毛玻璃，迷迷蒙蒙的，闪着变幻的光。几色金鱼像是在厚厚的丝绸里面游来游去，更增添了一种迷离的色彩。

家具不多，都是桃花心木的。清一色的暗栗色腰果漆，显得庄重高雅。地板上铺着厚厚的俄式地毯，花纹图案都和室内陈设十分谐调，连花瓶、茶具甚至痰盂都是用的同一色调的陶瓷。

看到这份排场，我心里多少有点紧张。没注意到放在门口的拖鞋，于是一脚踏在地毯上，盖了一个不大不小的章。谢霓的母亲，一位五十多岁、服饰高雅、颇有教养的女人，十分和气地安慰我说没有关系。这时拖着厚底拖鞋的谢霓走出来了。

"没想到今天大班长光临寒舍，"她嘴角上挂着讥讽的微笑，"……有什么招待你的呢？……我看看，哦，这儿有酒心糖……喏，"她打开小柜子，把糖盒子、饼干筒、水果盘子……统统拿出来，"喜欢什么就吃什么。不过我可以推荐一下,这种饼干挺不错,柠檬味儿的,平均半小时我可以吃一听。"

对谢霓的"吃",班里同学早有领教。班里有几位老高中的男生都是美食家,但是绝"吃不过"谢霓。她在烹调方面颇有一套。当然,这也是实践出真知。据她自己说,她从小就爱吃,也会吃,能吃出食品的"个中三昧"。那次全班在香山聚餐,每人做两个拿手好菜,数她做的蘑菇馅饼和奶油酥卷最受欢迎。那天她高兴,又趁着点儿酒劲儿,话格外多。她大讲了一通中国烹调。从红案白案讲到各个菜系,最后颇带权威性地得出结论:"我国的烹调艺术是整个东方文明的一面镜子。从这个意义上来说,不会吃,就不懂得文明。"

这句话后来在学校广为传播,成为老饕们的护身符。大家在餐桌上言必称"文明",后来心理系成为全校闻名的"美食家俱乐部",谢霓的功劳当推第一。

但有时她又不是那么讲究的。比如说吧,上生理课的时候,我的位子在她的斜后方,常常看到她漫不经心地从书包里掏出半块干得掉渣儿的烧饼,一小口一小口津津有味地啃着,不知那味同嚼蜡的东西究竟有什么品尝的价值。但她那副啃烧饼的样子实在令人好笑,我对她的兴趣大概就是从那时开始的。

"我今天是代表全班同学请你出山的。"我做出一本正经的样子,"听说你过去在工厂一直是团支部文体委员……"

"哦。是为'五四'吧?现在可是只差一个星期了。"她嘴上又挂起那种讥讽的微笑。

"是啊。不然的话,不敢有劳尊驾。这次全校还要评奖,要是咱们剃了光头就寒碜了!"

"我这个人讲实惠,事成之后,拿什么谢我?"她诡谲地一笑。

"这个……"我略加思索,便痛快地说道,"请你吃一顿,怎么样?……当然,如果你不拒绝的话。"

"干吗还要找补一句?你们这些男士哪!哈哈哈……"她开怀大笑起来。她笑起来很好看,一口整洁的牙齿闪着光,使人感到她的爽利和明朗,"好,阁下这顿饭我算敲定了!这样吧,明天午休时间我们就开始。我坚信,用优质蛋白武装起来的心理二班,音乐禀赋绝不会差!"

果然如她所说,那天我们班虽是仓促上阵,但还是获了奖。大家反应不错,凭良心说,这和她出色的组织能力是分不开的。

那是个晴朗的夜晚。我们吃罢饭,从前门外的一家餐厅走出来,她兴致很高,不断地转换话题。我知道,每逢她吃了一顿美味佳肴之后总是心情很好。那天她点的三个菜味道都不错。她吃牡蛎的本事简直令人惊叹,不是一个个地吃,而是舀起满满的一小勺,还来不及看清她的牙齿和舌头是怎样运动的,那吃得干干净净的半透明的壳便一个个从她薄薄的嘴唇里吐了出来,简直就像鹦鹉吃瓜子那样灵巧。我突然感到:她是那种善于发现和欣赏日常事物的人,和这样的人生活在一起是不会乏味的。我喜欢从抽象的思维中寻找乐趣，而她的快乐永远只从生活本身去寻找。她直面生活，懂得生活，更会生活。我们这个时代造就了一大批重理性、重思维的青年知识女性，而谢霓却属于另一种人。

这顿佳肴成了我们进一步交往的媒介。

现在，我已是这里的常客了，但对这里始终保持着一种新鲜感。每次来这儿，室内的陈设都有些新的、小小的变动。例如：古董柜里又添了个唐三彩，放在茶几上的青铜色古瓶里插上了几根长长的孔雀翎，而茶几上的尼龙缕花台布又换成镶着茜色璎珞的亚麻布了。我知道这都是谢霓的作品，她喜欢别出心裁的特点表现在各个方面。我相信，即使是一间简陋的小屋，她也会利用手头上能找到的东西，尽量把它布置得"有味儿"。记得那次下乡劳动，在只有一个西红柿、几分钱"辣丝儿"和两毛钱肉末的情况下，她竟利用这些东西做了一顿美味的面条，吃得我们班的这帮老饕纷纷赞不绝口。好事者还起美名曰"琥珀面"。说是当年乾隆皇帝下江南，微服出访时，曾吃到一种美味的鱼，回来便大加赞赏，鱼便身价百倍，成为御前食品。照此推导，琥珀面亦应称为中国烹调之又一奇葩了。

也许这种新鲜感就来自她本人。她容貌并不出众。梳着很自然的短发。大大的额头和顾盼流盼、带点调皮的眼睛显得很聪明。鼻子略显宽大，但整个看上去却显得端庄大方。她身材很漂亮，是当代西方最崇尚的那一种女性体形：骨骼宽大，细腰长腿。她喜欢穿舒适、随便的衣服。今天，她穿了件米色真丝双绉的连衣裙，这是她按照一家杂志上介绍的国际流行的式样，自己做的。式样很简单，宽松的裙子，腰间系上一条细细的本色绦带，走起路来，那薄薄的透明的裙翼在苗条修长的双腿上飘飘颤颤，有一种飘逸感。这便是典型的谢霓风格。

我从她递过来的饼干筒里拿了两块饼干，她便自己抱着筒子吃起来，一边津津有味地翻着她的实习笔记。

"你知道，我一见到她，就知道，买卖来啦！"她俏皮地向我挤挤眼，"可是，这笔买卖咱们得合伙做，这就是今天我叫你来的目的。"

"我？跟你合伙？……"

"对。而且起重要作用。懂吗？好啦，从今天起，咱们这个股份有限公司算是成立了，我当总经理，可董事长嘛……得由你来当啰！"

"可我无资可投嘛！"

"你有。你的'资'，就是你本身，懂吗？"她诡秘地一笑，把她的实习笔记递给我，"你瞧，这是她的病历和我对她的临床精神检查。后面是我对她过去情况的一个初步调查。根据这些情况，特别是我对她的直接印象……我做了个初步诊断，"她顿了一下，两眼熠熠放光，"我敢说，她不是精神病患者。她是个正常人。"

"……？！"我惊住了。

"是的,她是个正常人。不过是个被扭曲的正常人罢了。"

"不,不,"我连连摇头,"过分相信直觉和那些表面化的东西,这是你们女人的通病。你要知道,她入院是要经过各种检查的。这里的大夫临床经验很丰富,郑大夫又是全国著名的病理心理专家,绝不会把一般的心理功能性紊乱当作器质性病变来治疗的。她的病历上不是讲得很清楚吗?"

"你们就是过分相信病历!"她两道眉毛高挑起来,"这就是懦夫和懒蛋的逻辑!病历,病历不是人写的吗?再说,病历上也讲了她的神经科检查始终没有阳性反应,服用了大量氟奋乃静、泰尔登……疗效甚微。哼,因循守旧、墨守成规而又自以为是,这是你们男人的通病!"

我的天!她可真是寸土必争。

我只好缄口不言,开始慢慢翻着那份厚厚的"病案"。

患者:景焕,女,21岁,宣武区小桥胡同街道工厂出纳员

精神状况检查:

1. 一般表现:

意识清醒,定向力完整,接触被动,对医疗、护理等合作不够。

衣着较齐整,年貌相符,日常生活能够自理,入院后饮食、睡眠均不好。

2. 认识活动:

(1) 无感知觉障碍

(2) 思维

对所问问题回答被动，语句不连贯，意念飘忽。

反应一般。临床诊断主要为被害妄想兼有关系妄想。

患者一直坚持有人害她这一说法，但对具体问题避而不答。患者病历中记载：患者在街道工厂当出纳员期间，曾贪污现款，后被该厂除名。此后她的神志开始不清醒。第一次犯病时，曾把十元一张的人民币撕碎，并说它是"印着咒语的小纸片"，是"巫婆用的"。被其母及弟送来住院治疗。治疗期间，常常不进食，夜间噩梦纷扰，常哭醒，只能靠安眠药才能维持起码的睡眠。患者自述常心悸，但拒绝说出恐惧的对象。经医护人员精心治疗，略有好转。患者不经医护人员同意，私自出院，后被送回。患者情绪低落，抑郁寡欢，仍不愿进食，身体非常虚弱，治疗过程中，曾两次虚脱。医护人员对其采取特殊措施进食。尽管院方看管严格，患者仍两次出逃，但似无自杀意向。

3. 情感：

表情淡漠。情感反应不鲜明。无明显低落与高涨。

4. 意志、行为：

至今仍不安于住院。适应力极差。对医疗护理等均合作不够。无任何主动要求。常有些特殊举动。如：夜半常独自坐在床边，沉思默想。一次，护理人员忘记锁门，她当夜便跑到阳台上，望着天空发呆，直到凌晨时才被护理人员发现，经劝说回到病房。

5.记忆、智能：

患者从不愿回忆往事，对住院前的事，特别是贪污现款一事缄口不言。记忆似乎已丧失。对于问话，回答时语量少，不主动，态度不自然。多疑。承认脑子乱。

注意力不集中，有时似听不见别人问话。

智能方面尚未发现明显异常。

我合上"病案"夹子。

"一会儿，我再仔细看。告诉我，你到底想让我干什么？"

"我想让你……"她望着我，笑容可掬，"我想让你和她谈恋爱。"

"什么？你再说一遍——"我以为她疯了。

"是的。我想让你和她谈恋爱，交朋友，你不懂吗？"

她的眼睛突然变得无法穿透，像是垂下了一片神秘的漆黑的帐幕。

夜晚，我家中。一片沉寂，只有我翻着这本"调查材料"的窸窣声。毋宁说，它更像一篇不成熟的文学作品：

小桥胡同坐落在闹市区的中心，却显得异乎寻常的宁静。北面的出口处有一家新建的"红枫旅馆"，出去便是一个中等规模的菜市场，南面是"小桥街道服务社"。景焕家住小桥胡同2号,紧挨着"红枫旅馆"。

这是个小院。看来像她家的私房。但除了西厢房还算完整之外,其他几间房都显得破旧不堪。敲门时,使大点劲儿,门框便晃悠起来。上面的白灰也直往下掉。这里像是"聊斋"里描写的无人住的"鬼屋"。

这是一个很普通但又很特殊的四口之家(包括景焕)。按照景焕父亲景宏存的职称看,这应当算是高知家庭。但是给我的印象却是:这个家庭像一座临时拼凑起来的质料不同的建筑,根基十分薄弱,拼凑的裂缝很深,仿佛随时都有崩溃的可能。

景宏存是科学院物理研究所的研究员。他年轻时曾名噪一时,发表过不少有相当价值的论文,三十一岁时便被破格提升为副研究员。后来不知为什么,他在物理学界销声匿迹了。我万没想到他会是这样子:瘦骨嶙峋,面色憔悴,嘴唇发紫,像个晚期癌症患者。

无论是他的在家待业已久的儿子,还是一直没参加工作的妻子,都是靠他的工资养活的。然而给我的感觉却是,他在家里的地位很低。从他的面部表情和说话的语调看来,他是个有脾气的人。但在这个家里却似乎不得不时时压抑着自己的怒气,他重重地叹气。他不时地伸出一双枯瘦的手去搔头发。他的表情烦恼、愧疚甚至带着一丝羞赧。就像是那些自尊心很强的人感受到自己给别人带来麻烦似的那种神情。我注意到他那磨破了的发黄的衬衣领子和袖口,以及那双早该淘汰了的断裂了几处的古铜色塑料凉鞋。

每个家庭都有自己的隐秘。家庭可以是避风港,也可以是囚笼,是监狱。而这个家庭中的窒息气氛在十分钟之内就能被人嗅出来。仿佛每个成员之间都有着宿怨,而每个人又都以一种病态的敏感维护着自己的尊严。

那个说话慢声慢气的矮小女人是景宏存的夫人,景焕的母亲。她过去曾是景宏存的同窗,只是毕业后一直没有工作,该算个"家庭知识妇女"吧。她的内心却不像她的表面那样,她很难被识破。在我拜访的这一个小时之内,有关她,我心里大约已经做出了若干种判断,而这些判断又往往是互相矛盾的。她表面看上去很胆小、懦弱,就像那些长期患神经官能症、夜夜失眠的人那么敏感。她待人一团和气,无论你说什么,她总是顺着你,不作任何异议。但是,你很快就会发现她并没有认真地听着你说,她心不在焉,只有当她心爱的小儿子景致开口说话的时候,她才真正地在听。而且,她跟儿子讲话时,露出一种和母亲身份不符的谦卑,简直可以说是卑躬屈膝,这与她对丈夫所持有的那种带着愠怒的不耐烦的态度恰成对比。

景焕的弟弟景致倒是个一眼望得见底的人。一看就是"文化大革命"的产物。二十啷当岁,受阶级斗争教育长大的,所以战斗性也就格外强。边说话边抽烟,标准京腔儿。不像个高知的儿子,倒像是成天上老酒馆吃泡花生米的出身。谈起景焕,他直言不讳地说和姐姐的关系不好。"我打过她,也骂过她。"他俨然一家之主的样子,就像是被打骂的对象不是自己的姐姐,而是自己的奴隶似的,"不过,这也不能全怪我。她那人,太各色,招气。三天不打,她就痒痒。她呀,天生就是神经病的脑袋,早晚得得神经病!"

我对这番话简直反感透了。第一,他那么随随便便地就把"精神病"说成"神经病"(这在我们学心理的人看来是不可原谅的概念错误),这暴露了他的无知和自以为是。第二,作为弟弟,对姐姐毫无悯念之情,这也使我感到他的狭隘和冷漠。毫无疑问他不是个男子汉。但是他很直爽,也容易感情用事,这点我可以利用。

我了解到景焕过去的男朋友叫夏宗华,是青年电影制片厂的一个副导演。他们从红领巾时代就认识了,可算作青梅竹马。据景致说,景焕很爱他,但不知为什么每次和他见面回来,都是愁眉不展。在她被揭发贪污现款前后的那段时间里,景致曾发现她久久地发呆。后来,就拒绝进食了。在她被街道工厂除名之后,他们断绝了来往。

关于夏宗华的情况,我只了解到这么一点点,至于这个人本身,他们全家在交换了一下眼色之后,由景致说出三个字:"不了解。"

大约是弗洛伊德定律的作用吧,在送我走出胡同口的时候,景致塞给了我一张条子,上面写着夏宗华的电话和地址。

一个新鲜的念头突然从我脑子里冒了出来。

她这个新鲜念头大约就是迫我去和景焕"谈恋爱",而她自己则在找夏宗华"交朋友"吧。还美其名曰是按"弗洛伊德定律"办事,让这个鬼定律见鬼去吧!我对这件事可提不起兴趣。

屋里月光很浓。我睡不着,索性下床把窗帘拉开,出人意料地,并不是满月,而是一钩亮闪闪的新月。我奇怪今天的月光为什么这么明亮。小时候,自然课老师曾教给我们识别新月和残月的办法。他说,很多影剧布景往往爱犯这样的错误:剧本上明明写着"新月高悬",而背景上出现的都是一钩残月,"残"的汉语拼音字头是"C",而"C"就是残月的形象。反之,则是新月了。这个办法我至今记得很清楚,真是"儿时所学,终生难忘"。

其实儿时的一切都令人难忘。岂止是难忘,儿时的经历就是一把刻刀,一个人一生的雏形就是由那把刻刀雕琢出来的。这两天在J医院实习,发现那么多患强迫症、反应性精神病的人都在童年时代有过不同程度的精神创伤。从这个意义来讲,我真想对着那些不幸的家庭,对着那些不称职的、还没学会做人就有了孩子的父母们,对着那些压抑人、窒息人、扭曲人的社会弊病大声疾呼:"救救孩子!"

在这方面,我总是感到庆幸。我的家境并不宽裕,父母都是小人物。兄弟姐妹一大群。但我却有着一个和谐、温暖、幸福的家。记得小时候,三年困难时期,妈妈为了让我们吃好,真是千方百计啊!她工作之余,带着我们几个孩子出去采野苋菜、摘榆钱、挖蘑菇，她蒸的棒子面裹白面的发糕"金裹银"，包的马齿苋馅的饺子，蒸的榆钱饭，煨的蘑菇汤，我们吃起来都是又香又甜，回想起来，比现在饭馆里的西餐大菜还有味。妈妈凭着一颗慈母心和一双巧手为我们全家渡过了难关。四个男孩子都长得结结实实，爸爸多年的肺病竟也慢慢地好起来。回想起这一切，我总是由衷地感激妈妈。

是的，我发现一个家庭主妇对家庭起着决定性的作用。在母爱下长大的孩子都有着一颗仁慈、博大的同情心，一种对人宽容的善行。相反，无爱的家庭却往往造就畸形、病态的孩子。我当然不了解景焕家庭内部的真正情况，但是仅从她住院半年，竟无一个家庭成员来看她这一点推断，她是患了爱的饥渴症（而且是重症）的女孩子。

这种女孩子往往对爱有一种极其强烈的渴望，但同时又具有同样强的排斥力。

我要小心。

就这样，我迫不得已地开始接触景焕。老实说，我对她毫无兴趣。我喜欢的那种女人的类型与她恰恰相反。我喜欢风趣、机智、洒脱、雍容而又具有大家风范的女人。而她，则恰恰是那种敏感、多疑、善感，经常在自尊和自卑两个极端徘徊的人。但是有一点，我却认定是谢霓所不及的——那就是她的温顺。我不知她是对所有人都这样，还是单单对我这样。

她听我说话的时候，总是很恭顺地看着我，不断地轻轻点头。有时，我因为各种原因态度有些暴躁，她也从不改那温顺的模样。我简直产生了一种好奇心，真想试试用什么方法把她激怒。

但后来我终于慢慢看出，她这种不可动摇的温顺后面，藏着一种深深的冷漠。她不与人争辩并不是真的认为别人是对的，而是她认为对、错都与她无关，她懒得争辩，也不屑于争辩。即使不争辩，她也已经感到活得很累了。她对整个世界都采取着一种小心翼翼的回避态度。

有一次，她不小心被滚烫的稀饭烫伤了脚趾，我带她去换药室换了药，刚换完药便有人叫我，我看她还在慢慢地穿袜子，就嘱咐她出来的时候把门关上。她又是那般温顺地看着我，恭顺地点头。可我忙完了，回去一看，换药室的门却大开着，玻璃柜里的纱布和橡皮膏少了许多，药盒子也打翻在地，我不禁怒冲冲地去找她。

"景焕，刚才我不是让你把换药室的门关好吗？"

她抬起眼，恭顺地点点头。

"那你为什么不关？"

她仍然那样看着我。目光温和，却没有一丝愧疚和歉意。也许是我的脸色不大好看，她很快便顺下了眼睛。这倒让我觉得自己有些过分了。

"是忘了吧？"我给她找台阶，"换药室被搞得很乱。我知道那不是你干的，可因为你不关门，别的病人就进去了，多不好!"我缓和了口气,像训诫小学生似的对她说。

她又轻轻地点头,始终没有抬眼。

渐渐地,我越来越多地发现她有许多"阳奉阴违"的行为。比方说,有一次她因失眠向护士要眠尔通,护士给了她些冬眠灵,并解释说这药比眠尔通更好,她当时也是温顺地点头表示同意,可当天晚上我下班的时候,却亲眼瞥见她把整包的冬眠灵倒进盥洗室的水池里。

还有件事就更新鲜了。有一天下大雨,下午查房时,病房里的病人们都蒙头大睡,只有她一个人在那里折纸玩。折的都是些小纸房子,还真挺别致哩!大大小小排了一溜儿,各种各样的,有的像古希腊古罗马时代的大型穹顶建筑,有的像中国的宫殿,有的像安徒生童话里的小房子。她折得津津有味,连我走过去也不知道。

"真漂亮啊!"我的声音很轻,可还是把她吓了一跳。她全身一震,回过头来,可怜巴巴地望着我,好像半天才明白我对这些小房子所持的态度。于是温顺的目光又出现在她的眼神里。她用细瘦的胳臂把这一溜儿小房子抱拢来,把下颌轻轻贴在小房子的尖顶上。

"要是上了颜色,就更漂亮了。我那儿有些彩色水笔,明天给你带来怎么样?"

"不不……"她急忙摇头,好像生怕因为这个就和我密切起来似的。

但我第二天还是把我的十二色彩色水笔带来了——我怕她是因为拘谨，不好意思开口，然而她说什么也不要。我只好把水笔放进郑大夫办公室的抽屉里。可是，当天晚上，我为了看郑大夫给一位病人做暗示和催眠疗法，又来到医院，无意间却发现那水笔不翼而飞了。

我不动声色。第二天，那些水笔又都原封不动地飞回郑大夫的抽屉里。又过了两天，值夜班的护士把一包东西交到办公室，向郑大夫汇报说，十七床景焕的病情又加重了。

"这两天晚上，她半夜里起来打着手电，给一堆小纸房子上色儿，嘴里还自言自语的不知说什么……"

她打开那包东西，我不禁吃了一惊。原来正是那些纸房子，涂满了红红绿绿的颜色，煞是好看。

我百思不解，为什么我真心实意让她用，她不用，却偏偏要大半夜的偷着用呢？

景焕的病确实加重了。——自从她的小纸房子被没收以后，她的脸色更加苍白，温顺的眼神里也常常闪过凄惨的神色。对于我，她恭顺之余又有些畏惧的样子。说真的，她这副样子使我更不敢接近她，和她讲句话也提心吊胆的，生怕说错了一个字，又触到她什么痛处。

"你这个人真不懂女人心理，"谢霓一边往嘴里扔着怪味豆，一边摆出一副先哲的样子教训我。"这还不好解释吗？折纸房子，是因为她向往着房子，也就是说，向往一个自由生活的空间。她不接受你的水笔吗……这更显而易见了——像她这样敏感、自尊的女孩子，对外界的恩赐、馈赠等有一种绝对的排斥力，但同时，美对于她，又有一种天然的吸引力——听说她过去手可巧了，什么画画、编织、刺绣……无所不精，这样看来，这排斥力和吸引力的力量是同等的，所以她就干出了这种自相矛盾，令凡夫俗子们百思不解的事来——"

"既然您这么懂得她的心理，又不是凡夫俗子，那么还是请您和她直接打交道吧，我，交差了。"

我说完就走，谢霓追上来，一把抓住我的书包带。

"哎——回来！"她竟一点不软，"这么大个男子汉，还想让我哄你?！——你已经有了个挺好的开端，干下去，我们是在干一件极有意义的事！移情，移情，让她移情！要是你连这点男人的吸引力都没有，就不配当我的朋友！"

"莫名其妙！"我是真的动怒了，"你一时心血来潮，考虑到后果了吗？假如她真的动了感情，后果将不堪设想！何况，这样做也会亵渎我的感情……你……你懂吗?！"

没想到她倒笑了。调皮地眯着眼睛，从兜里掏出把折扇给我扇着："息怒，老兄息怒！……你可冤枉我了，我这可不是心血来潮，我这是……深思熟虑之后才想出的一条妙策！"

还"妙策"呢！我简直哭笑不得。

"你知道，景焕的心是一团包着厚厚冰层的火，我们的任务，是想办法去融化那冰层。这办法就是爱，首先是异性的爱，据我所知，景焕没尝受过被爱的滋味儿。她很爱那个夏宗华，可夏却没给予她同样的爱。在过去很长一段时间里，她完全是靠某种想象出来的精神恋爱支撑着的。后来，她心里那个形象垮了，她也就跟着垮了。我希望你做的，就是让她把感情转移过来，转移到你身上去，至于其他，我自有办法，用不着你担心！"

我没吭声。昨天，何老师在一周总结会上讲，有些同学脱离集体，单独行动，有时还擅自干预医院的工作——很明显，这是有所指的。

"谢霓，再有两个月我们就要毕业了。踏踏实实坐下来，按照老师和大夫们的意图，好好写你的实习论文吧！你对景焕实在感兴趣，争取毕业后分到这儿的咨询室，那时候再研究吧！"

"可景焕不是个可以随时等待维修的机器人！她是人！"她的姿势没变，只是语调稍稍提高了一点，"这是难得的实践机会，我决不放过！而且，我还要向医院建议，对景焕实行院外治疗——"

她写的《关于精神病患者的院外治疗》，洋洋万余言，讲得倒是头头是道：

"……精神病患者不仅包括个体的失调，而且包括个体与社会的失调。当今，抗精神病药物的广泛使用，在治疗中改变了本病的某些临床病象，但还远不能从根本上解决该病的治疗问题……从精神病学的临床科研工作要求来看，帮助患者重新进入社会，在院外对患者长期监护和随访研究中广泛搜集第一手资料,并在院外治疗中贯穿随访、咨询、社会工作、健康检查、心理测验等一整套措施,对于加强对精神病的复发机理和发病机理的研究,丰富我国防治精神病工作的理论和实践、心理治疗的理论和实践、病理心理学的理论和实践、预防医学的理论和实践,都是十分必要和有益的……

"下面是院外治疗的五个具体方法……"

当晚,我把那一大堆花花绿绿的纸房子还给了景焕。

不出我所料,谢霓原拟的论文题目在老师那里没有通过,最后三周她被迫改了题目,自然无法写好。我原想她情绪会受影响,特意去看她。谁知她反劝我,要我别把分数看得太要紧,并说她准备考病理心理学研究生。就这样,大家在对毕业后去向的期待中度过了这个炎热的夏天。直到秋初,景焕的问题才交涉成功。她暂时住在谢霓的房间里,而谢霓,跑去和姐姐谢虹挤到了一起。

分配方案终于下来了,出乎意料地,我留校当了教师。谢霓没有考上研究生,她要求分回原单位——一家区级医院的神经科,成为名副其实的"谢大夫"。

一天晚上,我奉旨前去拜访。

一进客厅我便吃了一惊——谢霓全家(包括那个江苏小保姆)都在这里。谢伯伯、伯母看上去颇有兴致。谢家两姊妹都是盛装打扮。最令人吃惊的是景焕,她上身穿了件月白色洒花夹袄，下面是条象牙色的薄绸裤，都是半新不旧的。头上戴顶鱼白色绒线小帽。她拘谨地侧身坐着，和谢霓保持一段距离，一头柔黄蓬松的头发从小帽里滑落出来，遮住了她半个脸。她的肤色在灯光下泛着柔和的青白。我不知她为什么要这样装饰自己。但是我突然想到了古希腊的瓷瓶。一种很柔很淡的色彩。带着那样一种浅浅的古典音乐式的韵味。我真没想到原来她竟这样美丽。

"她很美，是吧？"谢霓笑吟吟地站起来。她今天也特别出色，穿着新织好的那身浅玫瑰色的毛衣套裙，"今天，我们为了欢迎我们的朋友景焕，举行一个小小的晚会，特别邀请你也来参加——好，晚会现在开始，第一个节目：钢琴独奏《弧光》，这是妈妈最近写的一首钢琴曲，请谢虹给大家演奏。"说完，她带头噼里啪啦地鼓起掌来。

谢霓的母亲文波在"文革"前是颇有些名气的作曲家，"文革"中本来也免不了受冲击的，只是因为谢霓父亲在政协的职位和中共最高领导的直接关照，她才得以幸免。

"听这个曲子的时候还有点儿要求。"文波莞尔一笑，扶了扶架在鼻梁上的造型精巧的金丝眼镜。这个女人并不美丽，但是一举手、一投足之间都流露出一种文雅，这文雅只能存在于极有教养的知识女性身上，是很能征服人的。

"我希望，听完以后，大家能够把曲子所表达的意境，按照自己的理解讲出来，怎么理解就怎么说，没有关系的。"

谢虹——谢霓的孪生姐姐，现在音乐学院主攻钢琴。她今天穿着一件华贵的深蓝丝绒的曳地长裙，还化了点儿淡妆。姊妹俩虽是孪生，却一眼便能辨认出来：谢虹从小娇养，又没有上山下乡的经历，所以显得娇嫩些。看上去比妹妹秀气，但缺少妹妹的风采。脾气性格上，谢虹也有些倨傲，不像谢霓那般随和。这回妹妹硬要和她挤在一起，开始她很不愿意，直到谢霓表示可以无偿帮她抄乐谱，她才勉强答应了。

她不慌不忙地坐到客厅西北角的那架钢琴旁边，揭开紫红色的丝绸盖布。

我对音乐还是爱好的，只是不大懂。乐曲一开始，便似乎带来了一个宁静、安谧的世界。谢霓坐在钢琴边，托着腮，静静地听着。景焕低着头，柔黄的发丝遮了一脸，不知在纸上画着什么。看来她根本就没听。谢伯伯在慢慢点燃一支烟。江苏小保姆一边织毛衣一边打盹儿。文波淡然地望着女儿的背影，若有所思地沉默着。

一个下行增二度的音调给这个世界蒙上了一层忧郁的色彩。浮动的和弦犹如潺潺流水，缓慢的主旋律在不断变幻的和声衬托中，显得明澈而深沉，使人想起中秋夜晚的圆明园——那清冷月光映照下的断壁残垣，或者圣诞前夜被美丽的六角形雪花装饰着的、紫幽幽的古堡。

突然，柔美的主旋律开始动荡起来，像是一颗明亮的流星，在深冬的夜幕上划着长长的优美的弧线。琶音急骤起伏，骤雨似的澎湃起来，像是一个少女在倾吐自己的心潮。月亮始终在追逐着她，像舞台上的追光似的。她像只蝴蝶在黑夜中飘忽不定，变幻着迷离的色彩。忽而，她是一只淡紫色的蝴蝶，衔着一瓣金黄的迎春，在寒冷的春风中盘旋；忽而，她又变成了一只黄色的蝴蝶，在炽热的夏日河塘边飞着，向坐在河塘旁钓鱼的老翁微笑；忽而，她又是一只受了伤的美丽的蓝色蝴蝶，在秋天的枯叶里唱着哀怨的歌；忽而，她又成了一只鲜艳的红蝴蝶，在银白色的雪花里顽强地飞舞……

音乐的主旋律又回到了原先那个浅淡、忧郁的世界。这个世界变得更纯净了，更宁谧了，更透明了……

最后一缕乐声消融在空气里。大家很久才从迷蒙的状态中清醒，竟忘记给演奏者报以掌声。

"太美了。"谢霓说。她竟激动得热泪盈眶。

"真好，美极了。"我由衷赞同。

"那么你们说说——"文波仍含着一丝浅淡的微笑。

"这曲子使我想到那年冬天，爸爸带我和姐姐去滑雪，"谢霓微微眯着眼，模样儿显得挺可爱，"那是离小兴安岭林区很近的一个地方。那地方很美，使我想起爸爸给我们讲过的俄罗斯的古老童话。在那儿，好像每一棵小树，每一座房子，每一只野鹿，甚至每一片雪花都是有生命的，都会说话，会唱歌……傍晚的时候，我们和当地农场的老职工一起，坐着马拉爬犁，爬犁还拖着打来的野物，在暮色中，我们像是在飞翔。记得吗，姐姐，当时我们多希望骑着灰色狼的伊凡王子突然在暮色中出现，把我们引到林间小屋里，请我们喝一杯俄罗斯的红茶，给我们唱一支俄罗斯的古歌……后来，我们来到了一座林间小屋，不过，那不是伊凡王子的，而是属于那个伐木工人的，记得吗？爸爸，那个健壮的、漂亮的鄂伦春族伐木工人，在很长时间里，在我心里，他和伊凡王子的形象分也分不开。别笑我，姐姐，我还曾经嫉妒过你，为的是他把好吃的黄羊肉盛给你；记得那热腾腾的鲜鱼汤吗？窗外飘着鹅毛大雪，窗子上结着那么厚的冰凌花，可我们在伐木工暖和的窝棚里喝着热腾腾的鱼汤，那个装鱼汤的搪瓷缸子，到现在我还记得，淡绿色的，掉了两块瓷儿，把儿上用浅蓝色的玻璃丝密密地缠着……"

"小霓，真没想到你也有多愁善感的一面，"谢虹被谢霓那认真的动情样子逗笑了，"我可是早把那个漂亮的伊凡王子忘了。鱼汤嘛，还记得一点。可惜咱俩感觉不一样。当时我急着回北京，想回来喝妈妈煮的鱼汤。所以我觉得那鱼汤有股腥味儿，别生气，谢霓，这也算是见仁见智嘛。就像妈妈这首曲子似的，我和你的理解有很大的不同。"她顿了一下，打开曳地长裙的褶皱，眼睛变得亮闪闪的，"我想到的是舞蹈，是优美的芭蕾舞。……那是一个大舞台，一个很大很大的舞台……就像辽阔的原野一样。原野上面开满了黄色的蒲公英。……我，"她有点羞赧地笑笑，"我来到这片广阔无垠的原野上，原野上清新的风吹着我的衣裙，我穿着一身洁白的纱衣，在原野上翩翩起舞……我采了很多很多的花……把它们编成了一顶很大、很美丽的花冠……我把它戴在头上，哦，所有的野花，所有的小鸟和白云、天空……都在向我微笑……我欣喜若狂，我跳着，飞速地旋转着……我用舞蹈在倾吐我的心声……这时，远方响起了闷闷的雷，接着是一阵急骤的马蹄声，越来越清晰……哦，一匹马，一匹雪白的、美丽的飞马停在我眼前，它睁着一双温柔的、湖蓝色的眼睛，默默地看着我，好像在期待着什么……我不知疲倦地跳着，蒲公英纷飞的小伞沾了我满头满身……可是，雷声越来越大了，暴雨终于瓢泼似的倾泻下来……我的衣裙全都湿透了……嫩草娇花被打倒在泥里，蒲公英的种子也被风暴卷走了。这时，白马匍匐下来，像是在请我上马，我迈了上去……哦，它振起双翅，腾空飞起，在暴风雨中，它是一颗白色的流星，穿云破雾……"

"后来，等雨过天晴之后，白马把你放在地面上，它自己摇身一变，原来是个英俊的王子——哈哈，是吗？"谢伯伯揶揄着。

"去你的，爸爸！"谢虹娇嗔地扭扭身子，像小孩似的拍了爸爸那厚实的手背一下，大家都笑了。

接下去是我说，我说过之后，谢伯伯重新燃起一支烟，很温柔地望望妻子："这倒是很有意思呢！同一首曲子，小霓想起林间小屋和鲜鱼汤，小虹想起蒲公英和白马王子，柳锴呢，想起少女和蝴蝶……每个人都有自己不同的经历，所以呢，想象也都不同……我嘛，阿波，你猜我想起了什么？——我想起我们访苏时的那段岁月……那次，我们去莫斯科最大的滑冰场滑冰,——哦,冰场上那壮观的景象!姑娘们五颜六色的防寒服像是节日的彩灯,各种各样的冰刀在亮闪闪的冰面上划出道道花纹,在阳光的反射下,那巨大的冰面像是一面神奇的镜子。在《溜冰圆舞曲》那优美的旋律中,我拉着你——阿波,那时你还不大会滑,可音乐给了你灵感,我带着你跑起圈来,你笑着,把我的手攥出了汗,我们变得那么年轻,那么单纯,在冰面上,我们对那么多陌生的面孔报以友善的微笑。哦,那时的人们多么单纯,只要一个眼神、一个微笑就可以成为对话的桥梁……我们在冰场上结识了那么多朋友……记得和我们一起留学的胖子小熊吗?他不断地摔跟头,把几个黄头发蓝眼睛的姑娘逗得咯咯笑,后来,那个戴橘黄色围巾的姑娘跑来主动教了他,其他几个姑娘也不再笑了。人们为他每一点点进步鼓掌,当我们从他身边滑过去的时候,他已经能稳稳地站在那儿向我们招手了——阿波,我知道,你是要表现当时那种意境——"

文波没说话,只是温柔地望着很少激动的丈夫,宽容地笑了笑。

"景焕,该你了。"谢霓推推身旁那个一直沉默的姑娘。

景焕神情恍惚地抬起头来,像是刚刚从梦中惊醒。见大家都看着自己,她若无其事似的展开一张纸——这是她刚才听曲子的时候一直涂抹着的。

大家凑过来看——原来这纸上画着一幅画,一幅钢笔画,线条竟还挺老练。构图很古怪:一个无星无月的夜。一口结了冰的小湖。夜的深处，隐隐透出一片白色的光斑。小湖周围是黑黝黝的灌木丛。湖面上，一个少女的黑色剪影。她在一条亮闪闪的轨迹上滑行。那轨迹，是一个极大的"8"字——

"这……这是你画的?"文波的声音分明有点抖。

景焕温顺地点头。

"你是怎么想到……"文波一向温文尔雅的语调中带着一种掩饰不住的惊愕。

景焕仍低着头，半响，才轻轻地说："我见过这地方。"

"见过?"文波的神色更惊异了，"在哪儿?"

"在……"景焕惶惑地抬起眼帘。

"哦……是这样。"文波像那种教养很深的人那样，不愿强人所难。她宁肯把自己的疑惑和好奇淹没在礼貌中。她把那幅画轻轻地折起来。

"怎么？妈妈，是景焕说对了?"谢霓满腹狐疑地望着母亲。

"哦哦，是的。"文波不情愿地点了一下头。像是不愿继续这个话题，她急忙对景焕说："嗯……这画，先放在我这儿，好吗?"

景焕又是温顺地点头。可我看到她眼睛里悄悄闪过一丝阴险的微笑。我不由打了个冷噤。

是的，那是景焕头一次引起我的注意。谢霓悄悄对我说，当时她后背有一种麻酥酥的感觉。我也有同感。景焕的眼睛是很奇怪的，乍看上去温顺善良，而且总是急急地回避人们的目光。然而，只要仔细看，便不难发现，有时，在间或一闪的时候，这双眼睛显得美丽而狡黠，甚至带着一种阴险的神气。

我得承认我有点怕她。为了她什么都知道，什么都懂得；为了她那非凡的心灵感应，那种独特的穿透力；也为了她那微笑的、永远让人捉摸不透的假面具。我怕她。

我开始对她感兴趣了。

按照计划，我们对她进行了全面的心理测试。智力测验的结果果然与谢霓得出的结论一致。她的智力是惊人的不平衡。某些方面的智力我认为是超常的；关于数学方面、计算能力方面的智力却是难以置信的低；而人格方面的"Neymann 测验"，又证实了她确实是一个好冥思幻想的人。

这天晚上，我"遵旨"单独给景焕做"罗夏测验"。

谢霓把全家人都哄去看电影了。宽敞的客厅里只留下我们两个人。不知从什么时候开始，景焕已经敢于抬眼看我了，对我的问话也不再是一味温顺地点头，而是略略沉思片刻，再决定点头或摇头，而话，她是不多说的。

秋夜的风已有些凉意了。我注意到她还穿着那件单薄的夹袄，便走到她身后去关窗子。她却像陀螺似的在椅子上转了个圈，眼睛里射出恐怖的光，仿佛我走到她身后是要谋杀她似的。我装作没有注意。而她也飞快地顺下眼睛，低了头，好像刚才那惊惶的神色从不曾在这张脸上出现似的。

"罗夏测验"是著名心理学家 Rorschach 编制的一种投射测验。十张图片中，有五张是黑白图片，墨迹深浅不一，两张主要是黑白图片，加了红色斑点，三张是彩色的。测验时由被试者去看这些图像是什么，试验者记下回答，以便分析。

我出示第一张图片，这图片上印着那么大一块墨水印迹。照我看，像个蠢笨的黑熊。

"它像什么？"

"嗯……像座山。"

"山？"我不禁把图片倒过来，又仔细看了看。果然，是像座山，像喀斯特地形的那种怪异的山。

"还像……人脸……"

"人脸？！"我大吃一惊。

"是的。"她眼神里又划过一种说不清的复杂感情，"这是眼睛，这是鼻子，这是嘴……不是吗？"

果然，那一团墨迹又变成了一张脸。眼睛，鼻子，五官齐全，而且……那表情也十分怪诞：一只眼睛很悲伤地流泪，而另一只眼睛却在阴惨地笑。这表情使我想起了什么。我一阵惶悚。

她的想象力是丰富的，而且是怪诞的。这使我深感不安。IQ（智力商数）分数高，证明被试者智商高。但她的 IQ 太高了，这只能证明是一种病态。

我希望她摆脱阴暗的心理。我拿起一张色彩明朗的图片。依我看来，这像是蓝天、白云和鲜花。

"这就是了。"她伏在椅子上，漫不经心地看了一眼，点点头。

"什么'这就是了'？"

"就是它。我常常做的那个梦。"她肯定地说。

我愕然了。窗外，高大的落叶乔木在风中摇曳，在窗帘上投下巨大的漆黑的阴影，在这片黑色衬托下，景焕像是一个白色的精灵。

"那个梦，究竟是怎么回事……"我急切地望着她。说不定，这梦，就是她得病的根源哩！

"我常常梦见我来到一个地方，那儿，有一口结了冰的小湖，周围都是灌木丛，很美。没有星星，没有月亮，可是在远处漆黑的夜里有一片隐隐的光斑，不停地闪烁着，像是电焊工焊钳下的闪烁的弧光。我开始滑冰，我从来没有滑过，但我滑得很美，很自如，悠起来的时候，能听到远方传来的音乐……"

"对不起，打断一下，这音乐可是那天谢虹的母亲演奏的？"

她的眼光飞速地变幻了一下，尽管是一刹那，我还是读懂那潜台词——"蠢话"！

我不敢再说什么，只是认认真真地听她讲下去。

"……我悠悠然然地滑着，突然，我发现我总是不由自主地沿着同一条轨迹滑行，那轨迹便是一个极大的'8'字，那轨迹是那么明显，不知多少人在上面滑过了，……我试图改变，可是，我刚刚脱离了这条轨迹，那冰面就突然裂开了，裂得那么大，那么深的一道裂缝……我掉进寒冷彻骨的冰水里，我能看到的最后的东西是远方那闪烁的光斑……它突然爆发出最明亮的弧光，然后，就熄灭了……"

"我像是在听一个神话。"

"你们懂什么？"她突然一改平素温和的态度，"你们以为比别人多读了几本书，就算是聪明人了？世上奇奇怪怪的事儿多着哪——"她像是要说许多，但突然顿住了，惊惶地望望我，那样子像是准备挨打。

她终于揭开了面具的一角。也许，谢霓说得对，她既不疯，又不傻，她是因为太聪明，过分聪明了，而得不到常人的理解。她的各种不同凡响的怪念头可以使她成为天才，同样也可以使她毁灭。

"你是什么时候开始做这个梦的？"

"很早了。小时候。"

"每次都重复这一内容吗？"

"差不多。"她想了想，"甚至，有时我在梦里也是清醒的。我知道自己快要做那个梦了，就对自己说：'它来了，景焕，它来了。'"

"真是不可思议。"我默默地把图片整理好，看看表，已经九点二十分。不早了。

"你等一等再回家。"她突然急急地说,"等她家的人回来,你再回家。"

"怎么,你一个人害怕?"

她垂下了眼帘。

"你怕什么?"

"怕……怕周围那些看不见的东西……是的,晚上,那些东西藏在黑暗里,在很静很静的时候,可以听到它们轻轻的响动;慢慢地,它们好像从四周无声无息地飘来,像很轻的云彩那样……可它们又很重,压得人气都喘不过来……真的,我常常吓得缩成一团,不敢睁眼……"

"正是因为你不敢睁眼,你才害怕,"我竭力宽慰她,"假如你睁眼看一看,就会发现,什么也没有。"

她大睁了两眼定定地望着我。

"景焕。"我的声音不由自主地变得温柔了。

"嗯?"

"你的童年……是不是有过什么不幸的经历?"我小心翼翼地试探着。

她深深地看了我一眼,然后很快地说:"不,我的童年很幸福。"

"你妈妈,爸爸……他们爱你吗?"我仍不死心。

"当然,他们都很爱我。"她回答得更快了。我觉得她好像要哭出来。

"那……他们为什么不到医院看你?你来这儿这么长时间

了，他们好像根本不知道似的……"

"不——"她急急地打断我，我发现她眼睛里掠过一道愠怒的光，然而她的声调依旧很温和，"他们身体都不好，他们有病，很重的病……自己也照顾不了自己……"

我没敢再问下去。她在躲闪着什么，回避着什么。每个人都有自己的内心秘密。

"景焕，你还年轻，做些事吧，别相信那些荒唐的梦……"我一边整理着记录一边温和地对她说，"你的那个梦是荒唐可笑的，是不可信的……"

"不，我信。"她轻轻地、肯定地说。接着，她又说出一句令我瞠目结舌的话，"因为我见过那地方。不光是在梦中。我实实在在地见过。"

谁也没想到，景焕竟对花卉栽培产生了浓厚的兴趣，成了谢霓家的"义务园丁"。

在这之前，谢霓极力主张让景焕回到社会生活中来，让她参加工作。然而在这个待业青年云集的城市，给她这样的人安排工作谈何容易?! 磨破了嘴皮子，谢霓才帮她在一家街道工厂找到了一个"糊纸盒"的差事，然而干了两天，景焕却悄没声儿地回来了，再也不肯去。

后来，谢虹又帮她找了抄乐谱的差事，她也不过干了一个星期。据谢虹说，她抄得很出色，然而一个星期之后，她又带着那种温顺和服从的眼光，坚决不干了。

谢霓不知如何是好。谢虹的脸色变得不那么好看了。

这一切，景焕好像浑然不觉。她一天除了吃饭、睡觉，有十几个小时都泡在谢家的小花园里。谢家的花一直是由谢伯伯和小保姆照管的。谢伯伯年岁大了，每天只是浇一浇水，整一整枝，有时累了，连水也浇不过来；小保姆呢，对此道既无兴趣，又不懂行，只是敷衍一下罢了。所以小花园的花品种虽多，长得却并不茂盛。

景焕像个幽灵似的在谢家花园里徘徊了一个星期，然后像是突然来了精神。她心里似乎有个全盘计划，她在按照这个计划有条不紊地干着：先把庭院里栽的花整理了一遍，然后精心设计了一个弧形的花坛（谢霓说，那图案非常现代！），准备把苗床上育好的壮苗移植在花坛里。接着，她又极细心地给全部花卉修剪整枝，把菊花、芍药、大丽花整形为单干式，把牵牛、茑萝、紫藤等蔓生花卉整理成攀缘式，把垂盆草、旱金莲整理成匍匐式，把一串红、美女樱整理成丛生式……

她完全着迷了，浇水、施肥、拔草，给一些不耐寒的品种培土、包扎，采用各种越冬防寒措施。她先是蹲着，后来索性跪着，一跪就是一个下午，拔草像绣花似的那么耐心，拔下的杂草堆积起来，竟装了满满两平板三轮。

我奇怪这个瘦弱的身躯里竟有如此巨大的活力。整理了庭院花卉，她又向盆花进军了。谢家的盆花少说也有七八十种，她挨盆重新整理，把有病虫害的原株都换了盆，还不厌其烦地按各品种的需要去培养什么腐叶土、堆肥土、山泥、塘泥、草木灰……常常弄得满头的草叶,满脸的泥巴,像个没人疼爱的"辛德瑞拉"。

除了谢霓之外,谢家的人都冷眼看着这一切,听其自然,不管,也不鼓励。只有谢伯伯每天傍晚之后不露痕迹地在小花园里转上一圈,察看察看花的变化。一个月之后,他第一次沉不住气了。

"阿波啊,今天我们……"一天晚饭之后,他微笑着邀妻子,"去看看花,好吗?……哦,孩子们?孩子们也一起去嘛!"

初冬的落日已变得温柔,色彩也惨淡多了。沿着碎石子铺成的甬道,我随谢霓一家来到花园的深处——多月来头一次光顾这里,大家的眼睛都不约而同地迸出了惊喜的光。

每年一入冬,谢家花园便进入萧条时期,除了两盆仙客来、几丛唐菖蒲和大丽花之外,就是一些没修剪过的长疯了的月季了。可今年,似乎是百花仙子记错了花期——这园子里竟还是姹紫嫣红的一片。花坛上的美女樱、葱兰、景天和金盏花开得正旺,娇艳的花瓣在叶丛里闪着明丽的光;盆栽的扶桑、美人蕉、大丽花、茉莉……朵朵都像清水洗过似的那么鲜明夺目、香气醉人;倚墙栽着的波斯菊、蜀葵、茑萝、常春藤像是精心设计的工艺品,造型优雅、千姿百态;最稀罕的是,那株每年只开四五朵花的香石竹,今年竟开了九朵水红色的大花;而仙客来的花丛直径竟大到五十厘米,红白两色的花朵开得满满当当……

半晌,大家才从惊异状态中复苏过来。

"没想到,这孩子倒有这方面的才能……"文波轻轻说了一句。

"我早就说过,景焕是个聪明姑娘。"谢霓的语调里颇带几分骄傲,似乎景焕的成绩里也包含着她的许多功劳。

"有的精神病就这样,总有一两方面特殊的才能。"谢虹最早恢复了平静,她摘下两朵雪白的晚香玉,别在自己的衣襟上。

"这倒也是。"文波表示赞同,她又仔细看看周围的花朵,"这样倒也好,她每天帮着看看园子,也不至于有什么是非。一来可以替替老头儿,二来她心里也高兴。"

都没有提出什么异议。于是大家沿着甬道慢慢地在花园里踱步,当走到一丛芭蕉旁边的时候,我猛一抬头,发现景焕正在对面墙边站着,掩蔽在那茂盛的常春藤里。我不知道她是否听到了大家刚才的那番议论,只是感到,她的嘴角上似乎含着笑——那种令我害怕的娇娆中带点阴险的笑。

繁忙的工作不但没有把景焕累垮,相反,她的身体倒是渐渐结实起来了,人也越来越漂亮了:苍白的两颊微微泛起淡红,秀长的眼睛里水波粼粼,嘴唇也有了一层光润的红颜色,从外表看,无论如何也不能叫人相信,她不是个正常人。

她仍是很少讲话,也尽力避开和大家的接触,但是,她内在的情绪仿佛稳定了、充实了,再不是那种恍然若梦的神情，而是那种总有事情干，总在忙碌的人的那种专注而愉快的神色了。

她最近一直热衷于搞花卉的无土栽培。小花园的角落里摆满了她用来配制营养液的玻璃罐子，谢伯伯也在帮她。几个月来，老头儿似乎是越来越喜欢这个"疯姑娘"了。他为她的试验提供一切便利条件，关心她的饮食起居。过去老头儿高兴时，常常从"特艺"给两个女儿买些小玩意儿、小首饰，或者用园子里的花编个小花篮儿什么的，逗逗她们笑；现在呢，这小礼物每次也少不了景焕一份儿。一开始，景焕还推辞，不肯要，可后来，还是要了。因为她非常喜欢这些精巧的小玩意儿，这从她的眼睛里便一览无余了。每逢得到这些小玩意儿，她便像小姑娘过节一样高兴。她自己钉了个小箱子，还上了漆，安了锁，把这些宝贝，看够了，摸够了，然后用干净手帕一件件地擦净，再一件件地放进去，一边还低声哼着歌。

"瞧，弗洛伊德定律起作用了吧？"每逢看到谢伯伯和景焕一起在花园里摆弄那些坛坛罐罐的时候，谢霓就朝我调皮地一笑。

然而我却至今没体验到什么弗洛伊德定律的作用。景焕对我的态度一如既往，仍然是敬而远之，不越雷池一步。岂止如此，我甚至觉得她对我还有一种潜在的敌意。比方说吧，那次谢霓心血来潮，非鼓动着景焕为我画一幅肖像，像画好了，把我吓了一跳。说实话，我虽算不上美男子，但总还是端正的。可这幅画却把我画成了一个五官背离的瘦"钟馗",更可恶的是,连我也不得不承认,有那么点像。说不出哪儿像,但熟悉我的人却能一眼认出是我。谢霓哈哈笑弯了腰。

"绝了!绝了!没想到景焕还是个天才的漫画家!"她举着这幅画到处给人看。

那天,我说什么也不愿在谢家吃晚饭。推门出来,没想到在花园里遇见了景焕。

"你生气了,柳大夫?"她怯生生地踱过来,脸上是真心的歉疚。这是她头一次主动跟我讲话。她仍像在医院时那样,称我为柳大夫,这让我感到别扭。

"没有没有。"我急忙装出一副豁达大度的样子,"没想到你还会画画。"

"我小时候就喜欢画。小时候的画讨人喜欢,大了,我觉得我的画越来越能表达我的内心感受,可别人却说画得越来越不好了。我想可能是我的眼睛出了毛病,要么,就是别人的眼睛出了毛病。"

尽管我装出了男子汉的气魄,但是这幅画仍然让我不痛快,好久都不痛快。

入冬以来下了几场痛快的大雪,这个污染严重的城市顿时变得洁净、年轻起来。那灰色的雾霭渐渐透明了,街上的行人也多起来,穿着红的、绿的、蓝的、紫的羽绒服,兴冲冲地到处购置年货。这两年,人们手头上都多了几个钱,而且，都染上了些新的"价值观念"，再不像老辈子人那样勒着肚子攒钱，而是愿意把钱痛痛快快地花出去，购置几件像样的东西，觉得这样活着痛快，有味儿！

谢霓家也在置办年货。谢伯伯年迈，文波工作忙，谢虹又是"不关己事不张口"的小姐，这办年货的事自然落到谢霓身上。每年，谢霓都让小保姆帮忙，大兜小篮地拎回来。今年，谢霓却偏拉着我和景焕上街，还风风火火地拿了一盆景焕用营养液培养的仙客来，说是要找个懂行的人给鉴定鉴定。

这几个月，景焕的身体和精神都令人难以置信地好转了。她迈着轻盈的小碎步走在身材高大的谢霓身边，脸色像冬天的空气一样新鲜。这些时，她似乎已慢慢放松了对谢霓的戒备，而对我，仍然是壁垒森严。事实粉碎了谢霓的预言！去他妈的弗洛伊德定律！

来到崇文门外花市大街的一个小胡同里，谢霓怪神秘地向我们摇摇手，按了按一扇斑驳的红漆大门的门铃。

一位老人给我们开了门，穿过长长的门廊，我们来到一间小小的花房里，花房里面端坐着一位更加年迈的老者。

这花房虽小，培养的花卉却尽是名贵品种，每株花旁都立着一个小小的牌子，介绍它的名称、花期、株高和用途。

"啊——这棵仙客来培养得好！"老者一见谢霓手里的那盆花，眼睛里就迸出了光彩，"比我的那棵好。好多了！"

"傅爷爷，这花儿是她搞出来的，"谢霓把景焕往前边推，

"您肯收她当徒弟吗?"

"唔……"老者眯起眼睛打量景焕,"这花,你是怎么培养出来的啊?"

景焕低下了头,半晌都不吭气。被谢霓催急了,她才老大不情愿似的简单说道:"用营养液培养的。"

"营养液……什么营养液?"老者好像是头一次听到这个词儿。

"营养液嘛……就是根据水培花卉的种类配方……"谢霓见景焕老半天不作声,只好结结巴巴地替她回答,"把什么硝酸钠啦,氧化钾啦,过磷酸钙啦,等等,按一定的比例配在一起……您看,这棵用营养液培养的仙客来,株高都有四十厘米了,一年可以开一百三十朵花呢!"

老者拈着银须沉吟了一会儿,笑着说:"真是活到老,学不了哦!……欢迎你常常来!"

这后一句话他是对着景焕一人说的,而景焕却又有些听而不闻的样子,弄得我和谢霓很尴尬。

"这棵仙客来,先留在我这儿,下个月,你来取,好吗?"老者又对景焕说。

"行行行,这花就先放您这儿吧!"谢霓慷慨惯了,生怕景焕说出什么小气的话来,急忙替她答应着。

"当然,我也要给你看看我的花。"老者把那个开门的老人叫了来,略一示意,那老人便掀开花房里面的珠帘,端出一盆昙花来。

这昙花被精心地盘成了一种扇面形。碧的叶，像绿翡翠似的发亮，托着两朵极鲜嫩美丽的昙花，玉碗似的，晶莹透明。

景焕的眼睛发亮了。她轻盈地跑上去，对着昙花仔细观察。

"昙花……怎么会在白天开呢？"景焕讷讷地自言自语。

老者朗声大笑了。"我不仅会使夜晚的花白天开放，而且会使春季的花在冬天开放，冬天的花开在夏天……哈哈哈……你认为这些是不可思议的吗？……"

"不。我认为，什么都是可以实现的。"景焕突然一本正经地说。接着，又莫名其妙地补了一句："只要，只要是自由的。"

我和谢霓面面相觑。但老者显然听懂了这句话，睁开一双睿智的眼睛，和善地望着景焕："还应当补充一句：那么，一切就都是自由的。对吗？"

景焕的眼睛变成了两团明亮的星光，"您……您见过弧光吗？"她突然问。我真担心她突然又犯病。

但老者并未感到惊奇，他从容地微笑着："没有见过。但它是可能存在的。一切都是可能存在的。"

"下个月，我一定来。"景焕突然像个未成年的小女孩那样天真地笑着。

但是景焕失信了。"下个月"，她没有能够去。

"下个月"是二月，正是一年一度的春节。景焕加倍地忙碌起来，不知从什么时候起，她又开始对插花艺术感兴趣了。她先是搞一些小型插花，利用空的香水瓶子、酒杯、贝壳等，设计成各种小巧玲珑的造型。比如，插上一片造型怪异的小叶子，或者，几株婆娑淡雅的葭草。虽极简单，然而颇有趣味。后来，她的胃口越来越大了。她用一些化学药品把鲜花制成可以长久保存的干花，利用竹子、秫秸秆、麦穗、石子、藤子等可以随手拈来的材料，设计成一些造型优雅的大型插花。

春节那天，谢霓家的每个成员都得到了一份意想不到的极精美的礼物——插花。

谢霓得到的插花是由马蹄莲和郁金香制成的干花组成的，这雪白和鲜红的色彩放在一起，显得格外热烈和明亮，用来插花的器皿是一个水绿色的长颈玻璃瓶，谢霓高兴得手举瓶子，在原地旋了好几个圈儿。

连一向冷漠、矜持的谢虹也忍不住惊喜地叫起来——清晨一觉醒来，她发现自己的床头柜上摆着一架十分别致的插花——一只白瓷的大雪花膏瓶子里，别出心裁地插着一束用加工以后变成雪白的秫秸秆弯成的凤尾，两棵碧绿的麦穗和一束叫不上名字来的白色小花，洋洋洒洒的，就像是清晨的一片乳白色的雾。和送给谢霓的插花那明亮热烈的风格相反，这风格是纤秀、典雅。

我来到谢霓家的时候，她们一家人正聚在谢伯伯和文波阿姨的卧室里，欣赏景焕的杰作——一架大型插花。

一个扁圆形的钧瓷瓶，变幻着浅蓝、淡绿、深紫的色彩。上面的插花像是一丛长得极茂的乳白色的珊瑚。细细一看，才知道是经过药品处理后的藤萝，被盘成了珊瑚状。"珊瑚"后面是几根长长的孔雀尾羽，把整座插花点缀得很华贵。前面是两朵玉碗似的昙花，和那天在老者家里见到的一模一样。

"这东西要是摆在工艺美术商店出售，准得打破脑袋。"谢霓抱着膀子，得出结论。

"倒是有点日本花道的那个味道呢。你说呢，阿波？"谢伯伯对一切事物做出评价之前，总是要征求夫人的意见。

文波不置可否地微笑着，眼睛不离这座插花，看得出，她十分满意。

"对了，妈妈今天不是有日本客人吗？正好可以叫人家评价评价。"谢虹闪着机灵的大眼睛，挽着妈妈的手臂。接着，她突然向我嫣然一笑："柳锴，你觉得怎么样？"

"怎么样？卖上个千儿八百不成问题！"我也一笑。

"真是钻钱眼的脑袋！"

"既然是商品社会，那么谁也离不开孔方兄。"说实话，我很讨厌在生活上穷奢极侈而又自命清高的人，特别是这种话从谢虹嘴里说出来，就更叫人反感。我决定趁机抒发一下我的见解："依我看，不如和哪个工艺美术公司挂上钩——反正现在形形色色的民办公司多得很。和他们签好合同，然后由他们代销，利润分成。可以先试销一下嘛！如果这笔买卖真做成了，解决的不仅仅是景焕的衣食，她的精神世界也会跟着解放，——相信自己是一个有用的人，一个被社会所需要的人，这本身就是一种对精神病的最好的治疗方法。"

"哎，这倒是个办法！可以试试。"谢霓兴奋起来。

我讲话的时候已经发现，谢伯伯和文波阿姨颇有些不悦之色了。这时，文波望着小女儿，颇不以为然地说："小霓，什么事情不要脑袋瓜一热就讲话。我们这样的家庭，就是不会做买卖。什么公司不公司的，不要赶那个时髦。"

谢霓悄悄拽了一下我的袖子。走出房间后，她悄声对我说："别理他们，咱们自己帮她联系！"

谁知道，就在这天的下午，由于两件意想不到的事情，使景焕永远走出了这个家庭的大门。

"糟了！景焕走了！"

午饭后我正睡得迷迷糊糊，谢霓便气急败坏地敲开了我的房门。她来我家次数虽不多，却远比我在她家随便——这可能和我家的家庭气氛有关。妈妈极喜欢她，每次她来，都倾家中所有，为她烧一顿可口的饭菜；而谢霓，也从不辜负我妈妈的一片心意，每次总是风卷残云般地把饭菜一扫而光，一边还摆出品尝大师的风度，发出些具有权威性的评论。我十分相信谢霓评论的真实性，因为在这里，她可以换换口味，吃到一些在她家里永远也吃不到的新鲜玉米面、小米，甚至野菜、野果。

"怎么了?"我一边披上棉袄一边问,仍旧迷迷瞪瞪的。

"都怪他们!都怪他们!"谢霓急得直跺脚,"走走走!我们去找她!路上我再跟你说!"

路灯把我们的影子拽得长长的,变了形,像一幅抽象派的画。一路上,谢霓断断续续地讲起了事情的经过。

原来,中饭时候,两位日本客人来访。看到景焕所做的插花,十分感兴趣,执意要见见作者。

"她们对那座插花的评价可高了。"谢霓一边蹬车,一边把飘到脸上的发丝掠开去,"她们两个都是妈妈的同行,都懂得花道。她们说那座插花色彩鲜明而不失协调,造型怪异而不失典雅,而且明暗对比,动静结合,是插花作品中的上乘之作。可妈妈不知为什么,不愿意让景焕出来见她们,甚至不愿让她们知道作者是谁,当时给了她们这样一种错觉,好像作者是我和谢虹其中的一个似的。后来其中一位发出邀请,说无论插花作者是哪位小姐,都竭诚欢迎她去日本做客,并且说,一切费用都由她们包了,还保证提供与日本花道同行切磋技艺的机会,等等等等,结果妈妈的回答很是含糊其词。临走,那两位女士还留下了一份小礼物,说是请妈妈一定转交作者——那是一只手持花束,做得很精美的日本桃偶。谢虹一看就喜欢上了,央告妈妈先让她在房间里摆两天。妈妈对此要求不置可否,却反过来对谢虹提了个要求,要求她去向景焕拜师学习插花,并且要尽快学会其中技巧……"

"行了,你别说了。"我打断了她的话。她看看我。两人心照不宣地默默地蹬着车。

"其实，我妈妈那个人并不坏。"她忽然说。

"当然。天下所有的母亲都希望自己的女儿比别人的强，这太可以理解了。……那么，第二件事呢？"

"第二件事，就更不可思议了。我一直没对你讲，为了了解景焕的过去，我和她以前的男朋友夏宗华建立了联系，打了几次交道以后，我发现这个人很自私，而且……在心理生理方面都有些变态——这可能和他至今独身有关系。我也摸清了一点他对景焕犯病所起的作用和应承担的责任，但不知为什么，尽管我很想了解他和景焕关系的全部底细，然而我的这种好奇心却战胜不了对他的一种厌恶感，我对他这个人有一种本能的防范。懂吗？我指的并不是那种侵袭，他骨子里很胆小，做不出什么事情来，而我也决不给他这种机会，这个我拿得很准。我指的是另一种侵袭——一种破坏你内心平静的侵袭，一种你明明厌恶却还要为了某种原因不得不敷衍的侵袭。为了摆脱这个，我不再去找他了解景焕的情况了。可是我没想到他竟敢不经允许地打上门来，更没想到，他竟在这么短的时间里把谢虹给迷住了。……"

"什么？！"我大吃一惊。这怎么可能？谢虹——那只高傲的、矫情的天鹅，那个把世界上一切男人都踩在脚下的公主！

"是啊，昨天我听到谢虹的宣布时也很吃惊——"

"宣布？"

"嗯。昨天晚饭之前，谢虹向全家郑重宣布，夏宗华是她的男朋友——未婚夫!"

"当时景焕在场吗?"

"不在。日本客人走后,她的神色一直不对头,我猜到,客人和妈妈的那番谈话是被她听到了,于是我千方百计地哄她,拉她出去听音乐,还从谢虹那儿把日本娃娃抢过来给了她。到晚饭时候,她总算好些了。听到谢虹的宣布之后,我的第一个想法就是:决不能让景焕见到夏宗华!可是……事情就赶得那么巧!我刚刚把景焕哄出花园,想陪她到外面去吃点东西的时候,谢虹把夏宗华拉去赏花——正好撞了个对脸儿!"

"我的上帝!"

"景焕一见到夏宗华,就死死地盯住了他,那种眼神——哎,我的天,我这辈子也没在哪个人的眼睛里找到过!她的脸色变得灰白灰白,奇怪的是,夏宗华似乎很害怕,当时他唧唧喀喀地说了一句:'你好!'不明戏的只有谢虹,她还挺得意地向景焕介绍说:'这是我的男朋友!'景焕当时的表情很奇怪。她好像微微一笑。可那一笑真可怕,就像是《百慕大三角洲的魔鬼》里那个嗜血的布娃娃似的……"

我忍不住打了个寒战。

"当天晚上,景焕就失踪了。最糟糕的是,她可能认为我也是合谋者,把她骗出花园,好让夏宗华和谢虹来尽兴地赏花……唉,总之完了,这次找她一定得由你出面!……"

第四天，我们在肿瘤医院的肝科男病房找到了景焕。

景宏存在这里住院。那躺在床上的一动不动的瘦老头儿，假如不是那双灰色的眼睛还有些生气，我会把他认作一具死尸。这就是那个曾在五十年代声名赫赫的景宏存吗？

景焕显然是吃了一惊。接着，露出一种厌烦的表情，她显然是不愿让我们来打扰她。她正在给父亲喂吃的。一个橙黄色的鹅蛋柑，被她很仔细地剖开了，放在一个小碟子里，然后用一只不锈钢的小调羹把柑子一瓣瓣地放进父亲嘴里。在她做这一切的时候，显得那样熟练和轻巧，让人看了很舒服。

"景焕，你父亲病了，为什么不告诉我们？"谢霓走过去，很动情地握住她的手，"真把我们急坏了，这几天，你是怎么过的？"

景焕慢慢地抽出自己的手，不吭一声。

"景焕，我想我们之间有些误会，"谢霓轻声地说，我还从没见过她对谁态度那么诚恳，"我想我以后会跟你解释清楚的，希望你给我机会。"

景焕仍是一语不发。唇边，又出现了那种可怕的令人毛骨悚然的微笑。

在这种情况下，谢霓只好采取暂时回避的策略，由我单独和景焕打交道。

我遵照谢霓的旨意，每天去肿瘤医院。然后把景焕一天中的全部表现记录下来。景焕的情绪曲线起伏很平缓。她每天陪着父亲,似乎生活得很有规律,她尽心尽力地侍奉着父亲,病房里其他的病人和所有的医生、护士都说景宏存有个孝顺的女儿。

一天雪后,我照例来到医院,一眼便望见景焕一个人推着轮椅,正把景宏存从医院后门那个用洋灰抹成的斜坡上推下来。坡度挺陡,上面被压实了的落雪又格外滑,她两只手死命地拽着轮椅把,全身后仰,但即使这样,也无法控制轮椅下滑的速度。她像片被飓风卷着的小树叶子,不由自主地向下坠落着。

我跑过去抓住了轮椅的扶手。

她仰脸看我,虽然是瞬间,但我却很难忘记那眼神。那双眼睛变成了两团迷人的星光,美丽而神秘。里面藏了数不清的无法言传的意义。我弄不明白这是为什么。

我们一起把她父亲推到医院后面的小花园里。

这是座多年失修的花园,荒草长了老高。石雕的残垣上堆满了残雪。冬日的阳光暖洋洋的。景焕仍戴着那顶鱼白色的旧毛线帽,苍白的瘦脸在阳光下变得半透明了。

她细心地把盖在景宏存腿上的小被子叠好,垫在他的后腰上。我扶他下了轮椅,他虽然极瘦,却颇沉重,他仰脸儿坐在那把绿漆斑驳的长椅上,混浊的眼珠儿不停地转来转去。但我不相信他是在看现实中的东西。我看着他,有这样一个强烈的感觉:死亡实际上是一个缓慢的过程。在停止呼吸之前,身体的各部分器官早就一个接一个地死去了。

我奇怪一个活生生的人怎么会被耗干成这样。

景焕的兴致倒是格外高。她一会儿折一根枯枝,一会儿捡几粒石子,忙个不停。末了儿,她把这些乱七八糟的东西都堆在父亲轮椅的底座里。又从底座那儿拿出了一个小小的肥皂盒似的东西。

"爸,我给你表演个小节目吧?"她的眼睛望着父亲,我却觉得她是在对我说话。

她打开那个肥皂盒,那里面是泡好的肥皂水和一支细细的蜡管。

她吹起了肥皂泡!有多少年没见过这玩意儿了!大的、闪亮的、五光十色的肥皂泡,彩色灯笼似的,在阳光下闪烁着。她鼓着腮帮子,好像完全忘记了周围的一切!太阳暖融融地照着,树上落下的雪粉像蒲公英的绒毛似的,到处飞舞。

景宏存像是恢复了一丝生气。那双灰蒙蒙的眼睛定定地望着一个个闪亮的肥皂泡,竟慢慢湿润了。

十多年前的一个中午,一个扎着红蝴蝶结的小姑娘,也是这样地向天空吹起串串彩色的肥皂泡。一个个亮晶晶的,在蓝天里像星星似的发着光。那时候的天很蓝。现在,很少看到这样纯净的蓝宝石色了,大约是空气污染的缘故吧。

"喂,帮帮忙,帮帮忙……"她拼命举着两条细瘦的胳臂,向上赶着一个正在坠落的肥皂泡,累得满脸发红。我不由自主地受她情绪感染,竟真的帮她赶起来。那个很大的、亮晶晶的肥皂泡,在轻微的气流中开始慢慢上升,反映着各种虹彩。

"轻点儿,轻点儿……"

她的认真样子令我好笑。但我却不忍拂去她的热情。就像是大人们永远不会在孩子们面前戳穿童话的秘密一样。

还是把圣诞老人的糖果留在她的鞋子里吧,我想。

但这个硕大的肥皂泡终于还是碎了。

她吁了口气,看看我,看看她的父亲,又举起小塑料管。

终于,有几个肥皂泡挂在雪松的枝条上面了。

"爸爸,这是我送给你的礼物!"她突然有点羞怯地望着父亲。

一棵美丽的圣诞树。但那彩色的"灯泡"在阳光下很快就消逝了。

"我看到了。懂了。"突然,景宏存的嗓子里发出一种低哑的喉音。他一直出神似的看着那个最大、最漂亮的肥皂泡。

他的声音把我吓了一跳。这声音像是从另一个世界飘来的,又像是幽谷里的回声。

"您看到什么?"我警觉地问,我看到那老头子的灰眼珠似乎停留在一片遥远的疆土上。

"肥皂泡破裂的刹那,是最美丽的。在它完整的时候,它被风吹得飘来飘去。它只能反射太阳的光线,而它本身是没有色彩的。"老头子清清楚楚地说。

"可是正因为它没有色彩,你便尽可以把它想象成任何色彩。"我忽然冒出了一句。

"这句话很聪明。"老头子微笑了一下。我惊奇地发现，这具完全干瘪的木乃伊在微笑的时候仍然流露出一种睿智。那是智者的微笑。这微笑可以使一个形象突然闪光。

"它虽然瞬息即逝，可它的确存在过。这就够了。"老头子慢慢地说。

景焕的眼睛亮了，她紧紧地握住轮椅的扶手。

"一切都是瞬息即逝的。"他继续说。他端坐在那张绿漆斑驳的长椅子上，眼睛平视着远方。他有着多么潇洒自如的风度！我完全能想象到当年的他，在科学会堂里面对着成千上万个同行、论敌、盟友和崇拜者们，侃侃谈着他自己关于宇宙的全部论点。"我们生活着的这个宇宙就是一个偶然性的宇宙。文明和人类终究是要毁灭的。这就像我们每个人生下来就注定了最终要死去一样。科学家从不相信那些类似'信念'之类的玩意儿，那不是力量的表现。那是懦弱的表现。宇宙是可以寂灭的，但生命不会完结。当宇宙在整体上趋于毁灭的时候，却存在着一些同宇宙的一般发展方向相反的局部小岛。正是在这类小岛上，生命找到了栖息之所。"

我对物理学领域是很陌生的。我谈不出任何赞成或反对的观点。但老头子的话里却有着一种威严的慑服人的力量。

"我的时间已经很少了。"老头又说，可能是由于虚弱，他的声音越来越乏力了，"我这一生，太不足取。我只是像只工蚁，而不是像个人那样地活着。人类……比他们对自己所能认识到的要远远聪明得多……去吧，去找那把钥匙吧，那把通向人类最高才华的钥匙……去吧，像个人一样地……活着……"

老物理学家灰白的头发在寒风中飘散着、战栗着。我们慢慢地推着轮椅。景焕不停地弯下腰，用卫生纸慢慢地擦去老头子嘴角上不断涌出的黏液。

景宏存的病势急转直下。一个星期过后，他只能靠氧气来维持生命了。

景焕毕竟是个女孩子，她开始害怕自己的父亲了。而景宏存也的确变得使人害怕。他全身浮肿，脸色发灰，眼角和嘴角不断地涌出黏液。景焕再不敢一人陪床，而是经常用目光来央求我不要离开了。

必须对读者坦白的是，在这一段漫长的时间里，我内心的平衡已经发生了变化。

不得不承认，我内心深处越来越多地想到一个女孩子——一个按照世俗观念来看和我毫不相干的女孩子。我常常想到她的家庭，她的经历，她的命运……而在过去，这几乎是不可能的。因为我很早就养成了一种善于回避和保持距离的习惯。我不愿和任何没有亲缘关系的人过分亲密。因为我明白这种亲密意味着某种限制，甚至危险。

不知不觉地，我把她和谢霓做了比较（尽管我知道这是很不应该的）。我喜欢谢霓，但我觉得我们之间的关系更像是一对可以在许多方面亲密合作的伙伴。怎么说呢？似乎男人有种天性,有时宁愿为了一个弱女子的意愿而违背一个强悍的精明的女人。因为几乎所有的男人都有一种愿意保护弱小的本能。哪怕这种弱小是一种表面的现象。

"柳锴同志,你要注意!"谢霓下班之后,找到我,半开玩笑似的说,"你……好像……有爱上她的可能。"她诡秘地盯着我的眼睛。

"这不是正合您意吗?"我也跟她开玩笑。

"扯!"她一扬眉毛,"早就跟你说过,我是要你想办法让她爱上你,从而达到'移情'的治疗目的,我可没说要你去爱她,"她又嘻嘻一笑,"你要真的爱了她,看我怎么治你!"

我笑了。我知道她爱我。但她爱的方式像个斗牛士,一般男人接受不了。

气候愈加寒冷了。夜里陪床的时候,必须披上大衣,还要盖上厚厚的毛毯。只有一张折叠椅和一床毯子,这自然要让景焕来用,而我,只好常常在静静的夜里,在肿瘤病房外面的走廊上来回踱步。

我从不曾在医院过夜,特别是这个充满了死神与生命的搏斗的神秘意味的癌病房。夜半,常常有突然死去的病人被平车推出病房。在走廊的尽头,是一条斜坡式的通道。那里通向死神的收容所——太平间。

这两天,那辆往来于癌病房和太平间之间的平车运动得格外频繁。三天前，斜对面病房的那个患直肠癌的小伙子死了。整整一个冬天他都是靠打杜冷丁来止痛；昨天，死了一个患淋巴癌的年轻女人，她的丈夫和两个孩子的哭叫声把整个病房笼罩在愁云惨雾之中。今天晚饭时候，和景宏存同病房的那个患骨癌的老头又突然死去了。

夜间，我仍是一个人在走廊里踱步，忽然听见角落里传来一阵压抑的嘤嘤的哭声。走过去一看——是景焕！她披头散发，身上裹着那条厚厚的毛毯，脸上的头发被泪水粘成一绺一绺的，这是我认识她之后第一次见她流泪。

我总觉得，她应当属于感情丰富的那种类型，然而她却很不爱笑，更不爱哭。

谢霓跟她恰恰相反。谢霓在生活面前从来是乐观的，然而却常常为了那些骗人的文艺作品一掬同情之泪。看个什么破电影，她也要哭一鼻子，连看个什么"之恋"之类的片子，她在一边说着"没劲"的同时，一边还要陪几滴眼泪。

景焕却恰恰相反，仿佛任何文艺作品都不能使她动心，然而对待生活本身，她却从来不是一个乐观主义者。

"安娜是为爱情而死的，这是幸福。而千千万万没尝受过爱的滋味，浑浑噩噩活着、死去的人才是真正的人生悲剧。"

有次看电视连续剧《安娜·卡列尼娜》，谢霓正为安娜的死而热泪盈眶的时候，景焕突然冷冰冰地冒出这么一席话。

这话留给我的印象很深。

我默默地走过去，看着她。她捂着脸转向窗外，不愿让我看到她流泪的样子。

"我爸爸要死了,今夜。"

我惊疑地望着她。幽暗的月光给她纤细的颈子划上一道柔和的光弧。

"真的,他要死了。"她揩干泪水回过头,带着一种复杂的表情望着我。

"别瞎想了,景焕。回到你的躺椅上,好好睡一会儿,好吗?"

"刚才我做了个梦。梦见他来到那口湖边,哦,就是我常常梦见的那个地方。可湖上没有结冰,流着那么碧蓝碧蓝的水……湖畔,是一片森林,仙境似的,一只长犄角的梅花鹿在湖边悠闲地踱步。他也坐在湖边,在和那梅花鹿谈天……他的表情是安详的,快乐的,和生前那种抑郁、焦灼的神态完全相反……奇怪的是,那个老头……哦,就是那个养花的老头也在湖边,但他被很浓的雾挡着,看不清他的脸,他好像是在钓鱼,……他好像穿着一身古老的道袍……像个老道士……"

"快去吧,景焕,你需要休息。"我被她那种恍惚、痴迷的神态吓坏了。

她像是没有听见我的话,一动不动地站在黑暗里。走廊里特别冷。她的神情尤其冷。

当晚,景宏存果真死了。死得很安静,像睡着了一样。只是脸部浮肿突然消失了。灰黄的脸变成了紫棠色。全身的骨架仿佛也突然萎缩了似的，身子蜷缩着，格外瘦小。景焕这时反而显得很镇静。她打来水，细细地给父亲擦洗，我帮助翻动他的身子，我又一次奇怪这瘦小的身子竟如此沉重。我明白了那被称作生命的东西是永远离他而去了。生命之泉是一点一滴地干涸的，你能感受到那些活生生的东西在悄然离去，却永远抓不住它……

景宏存在临终前十多天就基本上不吃什么了。在他漫长的患病岁月里，胃口是多变的。今天想吃西瓜，而明天，西瓜就可能成为他厌恶的对象。人只有在临死时才会暴露真实的、被压抑着的自我。听景焕讲，她父亲过去是极能克己的、孤情寡欲的人，可现在，却几乎变成了一个贪嘴的、任性的孩子，只要是他爱吃的东西，他便紧紧地攥住，别人夺也夺不走。

景焕不知从哪里搞到一只小小的酒精炉，铜质的，样子挺精巧。一个多月来，景焕就是用它来煮各种各样的东西的。每当这个炉子被架起来，火苗熊熊地燃烧的时候，景宏存就吃力地欠起身子，露出贪馋的眼光，仿佛这时他关心的只有这个锅子里那一点点可怜的吃食，而他研究了一生的宇宙结构都被抛到了脑后似的。

景宏存享受了一辈子的高薪，而在临终的时候，为了自己和女儿能吃上点儿可口的东西，却不得不卖掉那戴了几十年的欧米伽老爷子手表。

景宏存穿上了一身毛料制服。景焕说，这是父亲一生唯一的一套毛料制服。

"你父亲挣的那些钱都跑哪儿去了?"

她不回答。

几位全副武装的男女护士走进来,极熟练地给这僵硬的木乃伊裹上白布。他的姿势很别扭,头向右歪着,一只胳膊搭在肩上,我几次试图校正都没成功。这时,却被这几位白衣健儿装麻袋似的装进白被单里,搭上了平车。

在通往太平间的那道斜坡上,我和景焕默默地走着。我们谁也没有看谁。但我能感觉到她内心的恐惧感。这一夜,我一步也没敢离开她。

第二天一早,景焕的母亲赶到了。她站在走廊上,不顾一切大声号哭。

"我不明白,为什么人死了还要受这样的捉弄?!"

三天之后,在"向遗体告别"的庄严仪式上,景焕望着父亲那被拙劣的化妆术弄得红红粉粉的面孔,忍不住愤怒地喊起来。

周围呜呜咽咽的哭声一下子静下来。大家都以一种看天外来客的眼光看着景焕。人们的泪腺像自来水的开关一样听使唤。

"怎么了?难道给爸爸的遗容化化妆不好吗?不必要吗?"一个身强力壮、块大膘肥的小伙子气势汹汹地蹿了出来。我猜到这便是她的弟弟景致。

"父亲若是活着,不会同意的。"景焕冷冷地说。她今天连一滴泪也没有。

"哎呀,她怎么说这样的话呀!好像我们违背了老头子似的,哎呀,可怜我的一片心意呀……呜呜呜,这叫我怎么活哟!……"

景焕的母亲——那小个子女人一下子涕泪交流,哭得死去活来,好像马上就要瘫倒在地,背过气似的。

"你这个姑娘,怎么一点儿不体谅妈妈呀?"几位父亲生前的女同事走过来,"你父亲去世了,最难过的是你妈妈,你要懂事哟!……"

景焕的嘴唇上浮出一丝冷笑。

……

"她父亲死了,她怎么连一滴眼泪也没有?"……

"听说,她是精神病,刚从医院出来的……"

"是吗?!怪不得……"

……

景焕被周围目光铁桶般地包围起来了。我担心地望望她,她却像没听到那些窃窃私语似的。冷冷地,连眉毛也没动一下。

"在那些痛哭流涕的人中间,就有杀害我爸爸的刽子手。"

"可是,他们中间也有人是出于真正的悲痛。"

"我从不相信一个人会真正为另一个人悲痛。"

"你应当相信。你不就是……真正地爱你的父亲,真正地为他感到悲痛吗?"

她古怪地微笑了一下。

"你错了。第一,我并不真正爱他。我陪床,是因为我无事可做。我早就厌倦了。我盼着他死。"她的微笑又变得令人毛骨悚然,"是的,我盼着他死。我的悲伤,不是为了他,而是为了我自己。"

我瞠目结舌。我知道,这是一个人内心最隐秘的念头。我诧异的是,她怎么竟敢把它明白无误地说出来。

"还有第二呢?"

"第二,他也不是我的……生身父亲。"

"这么说,她准备向你暴露她的内心秘密了?"谢霓来回踱着步,"你的,成绩大大的。"

她调皮地学着日本鬼子的腔调,在我眼前晃动一个大拇指。

"你说,我到底去不去?"我可没时间跟她耍贫嘴。最近教师业务学习的时候,教研室主任不点名地批评了我一顿,认为我最近比较涣散。我可从没有受领导批评的习惯。

"当然去。这还用问吗?"她兴致勃勃地把手插在豆青色羽绒服的衣兜里。

本来就不用问她。我有些恼火地想。我一个堂堂男子汉,为什么非要围着她的指挥棒转?

不,不是这样。我细细地捕捉着内心的潜意识。我并非是真的在征求她的意见,而是忽然意识到了某种危险,一种来自外部的威胁。不,更确切地说,是来自内部的。我害怕我自己。害怕自己会在一个特定的环境下屈从于内心深处那慢慢形成的情感。因为我毕竟是人。

我求助于谢霓,而她,却这么轻而易举地做出了判决。

"毫无疑问,她爱上了你。"她又捧起那个熟悉的饼干筒,有滋有味地嚼着饼干,"是摊牌的时候了。一旦她向你暴露了全部内心秘密,你就退居二线,善后工作由我处理。"

不那么简单,伟大的女心理学家。世界上除了弗洛伊德,还有千奇百怪,许许多多。

在北京,早春从来比严冬更冷。披着寒风,我们登上了这块三面环山的高山。这块被她称为"小镜泊湖"的地方,竟和她常常讲起的梦毫无二致。我惊呆了。

聪明的读者也许猜到,镜头要闪回到我们这个故事的开始。我和她——景焕,正在这个结了冰的小湖边坐着,望着那正慢慢爬上山坡的月亮,听着风吹灌木丛的沙沙声响。

汗水已经被风吹干了。她像个孩子似的缩进那件褐色和暗红色条纹的老式棉袄里。我们是骑车来的。她坚持这样做。

"你对我的邀请感到奇怪吗?"她问。

"不,一点不奇怪。"

她低下头去翻书包。"我饿了。"她悄悄地说。

我第一次听她说"饿"。在这之前,我真怀疑她还有没有七情六欲。她吃得像只小鸟那样少。照我看来,她完全可以像只鸟,或者像条鱼那样活着。

我急忙打开罐头,把三条油渍渍的凤尾鱼夹在乳白面包里,递给她。她迟疑了一下,接过去,一小口一小口地吃起来。

天色越来越黑了。黑暗中我觉得她一直在看着我。我觉得右腿开始发麻,于是换了个姿势。

"你真好。"她突然说。

我紧张起来,预感到什么。

"上回,在她们家里,我没有送你礼物,你生气了吧?"她像孩子似的小声问我,然后把一样东西塞进我手里。

哦,是一座小型插花。很古怪。底座是一个不大的海螺。上面弯弯曲曲地盘起一种细藤子,还插着两枚厚厚的发黄的叶子。这插花和谢家的那几种不一样,似乎别具特色。

"喜欢吗?"

"很喜欢。"我望着那双在黑暗里闪亮的眼睛。我忽然感到这不是一般人的眼睛,而是一双精灵的眼睛,林妖或者水怪的眼睛。仿佛是被一种看不见的引力拉着,我凑过去吻了吻这双眼睛。

我的嘴唇和这双眼睛一起颤抖。黑暗中出现了两点晶莹的东西。

"我是个私生女,我不知道我的亲生母亲是谁。"她突然轻轻地说,怕冷似的向我身边偎依着。

我伸出一只胳膊搂着她,小心翼翼的。这是个多么娇弱的、温软的小身体,仿佛稍一用劲就会把她碰碎似的。

"景宏存和他原来的夫人认领了我。他们没有孩子,待我很好。可后来,他的夫人死了。"

"哦……原来是这样。"我轻轻地捏捏她冰凉的手指。

"后来的这个女人……我从不叫她妈妈。她表面上很温和,很胆小,可是她实际上是我见过的最可怕的一个人。她有一种本领,她能吃人。能从容不迫地把人一个个地放进嘴里,嚼碎他们,吸干他们的骨髓和血,然后把骨头渣子吐出来。"

我忍不住打了个寒噤。

"我爸爸……就是这么让她给嚼了。……我也让她给嚼了一半,可我的另一半还活着。我比爸爸难对付。我是个女巫。"

她的嘴角又浮出那种古怪的微笑。她只有二十二岁!我感到了一种真正的痛楚。

"你会滑冰吗?"

"当然。"

"教我好吗?"

"……好。可你不是在梦里已经滑过无数次了吗?"

她不讲话。我们默默地望着冰面上那个硕大的"8"字。那是常来滑野冰的人们留下的轨迹。不足为怪。

"知道吗,谢虹要跟夏宗华结婚了!"周末晚上谢霓照例来找我，一进门就嚷嚷。

"这么快？"我合上了这两天和景焕的谈话记录。

"是啊，谢虹办事总是爱爆冷门。"谢霓说着，随随便便地想打开谈话记录，被我一把按住了。

"怎么了？"

"没怎么。……我想……等整理好了再给你看。"

"我偏要现在看！"她伸手抢。

"那不行！"我把谈话记录牢牢抓在手里。其实并不是不可以给她看。莫名其妙地，我偏想和她犟着劲儿。似乎这几个月来，我的"男子气"增长了不少。

"有什么不可告人的……"她虽然还是在开玩笑，但分明已经有些恼怒了，"说出来，我成全你！"

我也有些恼火了。她总是这么任性！相比之下，景焕是多么温顺，多么惹人怜爱。

僵持了半天，直到妈妈被喊叫声惊动，拿着一大盘冻柿子走进来的时候，争执才告一段落。

"明天，去滑冰好吗？"她一面大口啃着冻柿子一面说。看着她吃东西真是一种享受。我是无论如何发不出这种健康的咀嚼声的。

"行啊。"我随口答应。谢霓是全校著名的冰上皇后，去年高校花样滑冰比赛，她拿了第一名，她穿着最时髦的红色蝙蝠衫和乳白色牛仔裤，头发梳成一座高高的皇冠，在辉映着彩色灯光的冰面上，踏着乐声悠然起舞，令全体观众——

特别是男生们为之倾倒，真是出足了风头。

"好，明天你带个线毯，准备点儿吃的，我带你去一个地方滑野冰!"她的兴致又来了。

"啊……对了，不行。"我忽然想起，我已经和景焕约好，明天教她滑冰。

"明天，我还有些事，已经约好了……"我不知怎么感到有点心虚。

"和谁?"

"和……景焕。"

"不说我也能猜到。"她抱起双臂，倚在门框上，十分冷静。

"你爱上她了。我早就预料到了会有今天。不不不……你什么也不用对我解释，我想知道的只有一点，就是你是不是真正地爱她?景焕这个女孩子，内心世界很复杂，创伤深重。一方面，她确实具有一种非凡的智力，需要得到发展和社会的确证；另一方面，她又不可避免地受到某种压抑，而把这种取得个性确证的愿望转为固守内心世界，这是一种极大的矛盾和人生悲剧，你自以为了解了她，你懂得她真正的痛苦吗?你和她接触频繁，可你真正关心过她的生活吗?你过问过她的经济来源吗?未来的心理学教授先生，你恐怕到现在还不知道，景宏存去世后，她一直在给别人做帮工吧?!"

"帮工?!"

"是的。还记得那位养花的老人吗?她去给那老人做了花匠,每月除了吃饭,还能拿到一点儿钱,这些,你一点儿都不知道吧?!"

"我问过她,她……"我卡壳了。

"好,还回到刚才那个话题。景焕和我们不同,我们都是庸人,而她,是个被压抑的天才。她注定要走一条艰险的路。你能陪她走到底吗?你能为她承担责任和义务,做出各种各样的牺牲吗?如果能,你就冲上去好了,我说过我要成全你;如果不能,那么你趁早急刹车,否则会毁了那女孩子,懂吗?"

她训完了话,从容不迫地戴上羽绒服的帽子、口罩和手套,推开门:

"好好想想,男子汉。我们这种年龄早就不是做爱情游戏的年龄了。用你的脑子去想,而不要用你的心!"

她走了。我沉浸在黑暗中。

"多像我梦中的那个地方……"她喃喃着,向我投来深深的一瞥,"我没有骗你吧?"

"我从来也没有怀疑过。……"我言不由衷地说,"只是,我很奇怪……你是怎么发现这个地方的?……"

"不知道。我说过,我是个女巫。"她把细脖子深深缩进肥大的棉袄里,"你要保证不把这个地方告诉任何人。"

"我保证。"

"我只带过两个人到这里来。"

"另一个是谁?"

"夏宗华。我过去的男朋友。"

我怔了一下。我没有想到她会在我面前这么坦然地提到夏宗华。

"你愿意听听我的故事吗?"

"当然。……来,过来一点,风太冷……"我把她揽过来,用我那条厚厚的毛围巾把她的脸颊和细脖子裹得严严实实。她的眼睛在黑暗中显得很美丽。

"夏宗华是我生平见过的最漂亮,也是最聪明的男人。我们很早就认识了。我崇拜过他。那时候……很荒唐,……真的,回想起来真荒唐……"她的声音突然哽咽住了,好像在竭力忍住蓦然涌上来的泪水。

"在一切外人看来,我们俩是朋友关系,可实际上,我们的关系很古怪……怎么说呢?他确实离不开我,有时一天可以找我五六次,可是……他找我只是为了和我谈一些人,一些事,或许,这些谈话内容向别人难于启齿……于是,便找了我这么个信息接收器。不,我的功效还不止这些……他的喜怒哀乐,都要在我这儿发泄,可是对于我的喜怒哀乐,他一无所知,也根本不想知道。……"

"他这么自私?……"

"人都是自私的。在这点上,我没有任何奢求。我对他好,只是一种需要,一种感情上的需要,并不希图任何回报……也许,正是我的这种准则,才使我和他之间这种古怪的关系维持了十年之久。因为他早就宣称,他最受不了女人的束缚,他在我这里可以尽情地宣泄,而用不着考虑任何责任和义务。"

"可是,他现在很快就要跟一个最爱束缚人的女人结婚了。"

"谁?"

"谢虹。"

"不会的。"她从容不迫地笑笑,"他们不会结婚的。"

"他们马上就要去登记了。"

"登记?不,他们结不成婚的。"

"为什么?"

"我说过了,我是个女巫。"她的嘴角又浮现出那种令人毛骨悚然的微笑。

我不禁想起那次谢霓讲的,夏宗华遇到景焕时害怕的样子,我心里一动,莫非她……真的懂得什么巫术吗?

"你别怕,我不会给你使坏的。"

"我一直认为你是个心地善良的姑娘。"

"善良?不,我很恶。我觉得天下最没有价值的字眼就是善良了。"她微笑着。

"可我觉得,你对你的父亲,对夏宗华,还有,对……我,都是很善良的。"

她闭上嘴巴,半天才说:"我说过了,那是一种感情上的需要,谈不到什么善良。"

"那么,夏宗华跟你在一起,经常谈些什么呢?"我有意转移了话题。

"谈他的罗曼蒂克史。他有许许多多的爱情故事，我听得出来，有些是他编造的。"

"即使是他编造的，我也听得津津有味。当然，是装出来的，我从不忍心拂去他的兴致。我宠他，爱他，有时我觉得他像个大孩子。每当他'战胜'了一个女人，他就像个胜利归来的将军似的，得意非凡地向我炫耀他的'战绩'。……哦，也许你听着很不习惯，可他从来就是这样的。他认为爱情就是一场战争，或者你俘虏了我，或者我占有了你。而赢得这场战争最根本的诀窍是不动真情。谁动了真情，谁就会失败。"

"这么说，他从来没有真正爱过人？"

"大概是吧。但这并不等于说他没有那种情欲。他实际上是个情欲极旺的男人。我能感觉到这一点。他的情欲表现在对于女性的追求和仇视，以及对生活的玩世不恭等方面。他很怪。讲话很随便，有时甚至很粗俗，但行为上却极其克制。仿佛他的欲望只是通过语言来发泄似的。"

"他打过的最大一次'胜仗'，是他和两位伊朗公主的一段罗曼史。"

"伊朗公主？"

"是的。那是一九七〇年，他从插队的地方回京探亲，在中山公园偶然遇见了两位外国姑娘，刚才我已经讲过了，他长得挺帅，人也很聪明。那两个姑娘主动搭讪。交谈中，他才知道她们原是伊朗王国的两位公主。大的叫吉耶美，小的叫埃耶梅。长得虽不甚美，但挺活泼。又都正当豆蔻年华，所以也挺讨人喜欢。特别是吉耶美，据他描述：芳龄十六，长了一头齐腰长的美发，淡褐色的皮肤也柔细光润，服饰优雅美丽，还会讲一口带着特殊韵味的中国话。两位公主是来中国学习刺绣的。但刚来不久便赶上'文化大革命'，学业荒废了，又赶上国内政变，一时半会儿回不去，于是两人便乐得轻松自在，天天游山玩水。见到他，便认为他是最理想的伴侣，欣然邀他为她们拍照。而他正当烦闷无聊之时，毫不犹豫便答应了。就这样，他们在一起玩了两三个月。当时，我以为这又是他编造的故事，没想到这件事倒是真的，因为它给他带来过不少麻烦。后来，伊朗的一位王储来接她们回国了。离京的那天，他到机场送行，两位公主都动了感情，特别是吉耶美，哭得泪人儿似的，临行前还送给他一条亲手绣的手帕，他们通了半年信，当收到吉耶美的一封类似求爱信的情书时，他突然和她们中断了联系。

"这是他最得意的一段历史。他得意之处在于：伊朗公主动了真情，而他实际上是在逢场作戏。他觉得在感情上占了便宜，心理上得到了一种很大的满足。在和后来认识的女子交往的时候，他常常拿出吉耶美的情书给她们看……"

"他怎么是这样一个人？这样的人并不值得你爱啊！"

"什么值不值得？"她微笑了，"你以为感情这种东西里还包含有什么可以计算的成分吗？我从小就做不好算术。……

你知道,当一个人特别孤寂的时候,身边就是有一个可以说说话的人也好……何况,我并不觉得他比别人更讨厌。和那些表面的正人君子相比,我倒觉得他更真实些,因为凡是人类所具有的弱点和劣根性他几乎都有,而他也从不想在我面前隐瞒。"

"那么,你们最后又是因为什么分手的呢?"

她又笑了一下,笑得有些凄怆。

"大概在你们的想象中,我是因为什么失恋之类的玩意儿才得了病吧?……我从来没有被人爱过,所以也谈不上什么失恋。在我和夏宗华十年之久的古怪关系中,我没有一天相信他会爱上我。刚才我说了,现在我还要告诉你,他不但没有爱过我,而且在很多时候,他甚至没有把我当作一个女人。他在我面前肆无忌惮地骂别的女人,嘲笑她们,而事后,又总是忘得干干净净,仿佛我是他的一个痰桶似的。这里面,有一种公然轻视的味道,你明白吗?……

"可是,无论是我的家庭,还是夏宗华……他们都算不上什么……算不上……如果说,我心里真正的苦闷是什么的话……"

"是什么?是什么呢?"我急切地追问。她就要把那最关键的东西说出来了。这是我们努力了将近半年之久的……

"是……是我的工作。"

"你的工作?"

"是的。再没有比这个工作更可怕的了。那个女人没有办到的事，它却能办到，我知道它能毁了我。实际上它也把我彻底摧垮了。……哦，那些印着咒语的小纸片啊……一天到晚，每时每刻纠缠着我……，我知道我已经发了疯，我想摆脱，哪怕摆脱一小会儿……"

"一个街道工厂的出纳员不会有很大的工作量吧？"她提起她的工作便有些失常，我感到难以理解。

"是的是的。不大，没有多少工作，可是那些数字，数字……我眼睛看到的、耳朵听到的全是数字，我受不了……它们还常常跟我作对，总是对不上，别人都下班了，我还要一遍一遍地数那些小纸片，一遍一遍地查账，有多少次，我实在没有办法，只好把自己的钱偷偷地填进去……"

"那是怎么回事？是不是有人贪污……"

"不知道。可我知道我们用的是两套账，一套是专门对付外边儿的；另一套账，从来也对不上……"

"你们的财务科长是谁？"

"一个女人。一个比我的养母更可怕的女人。我能够对付我的养母，可我对付不了她，是的，我怕她……她的眼睛像一架监视仪，而且，她总是有许多道理可讲，你永远也讲不过她，天哪，那时我就想，哪怕能摆脱她一秒钟……"

"你难道不能想办法换个工作吗？街道工厂不是还有什么刺绣组、绢人组什么的……"

"不，我和爸爸一样，也是只工蚁。我只能做工蚁做的事，这是……这是命运的安排……"她垂下头，泪水几乎要滴落下来。

"可是……那……那件事又是怎么回事呢?"我实在不能把"贪污"二字说出口,"是不是他们诬陷你……"

她使劲地摇头:"不不,那是真的,我确实干了。"

这便是前两天我和景焕交谈的基本内容。我反复看着我们的谈话记录,回想着我们之间交往的全部过程,似乎从中悟出了一点什么,然而又觉说不清。

过去我一直认为,我们这一代大学生集中了中国青年的全部精华。可现在,我是从根本上怀疑这一点了。究竟什么是最重要的?难道是会机械地重复那些几代人使用过的干巴巴的理论?难道是熟练地背诵那些数不清的数学公式和ABCD一类的符号?难道是大量复制那些既无害处又无好处的标准化白面包?难道是追求那什么也说明不了的"全优"光荣称号?

像景焕这样的姑娘可能会被那无数符号和公式所难倒,可是,如果我们给予了她合适的位置、气候和土壤,她的个性和创造力是会插上翅膀的。

我们的学校,我们的教育制度在患着癌症——这是由创造性的狭隘和无能所引起的癌症,什么时候才能切除这痼疾,注射新鲜血液,使之得以新生呢?

俄罗斯童话里常讲:早晨要比晚上清醒些。第二天,也就是星期天早上,我临时做了个决定:在和景焕去滑冰之前,把整理好的谈话记录交给谢霓,这样一来可以给她提供些情况,二来也可以缓和关系,赎赎罪。

谁知,一进门小保姆便告诉我,谢家二小姐已经由一位男人陪同,一早就滑冰去了。

这消息使我很不愉快。那句话说得很对:"任何东西,只有当失去的时候才能感到它的珍贵。"我心里顿时乱起来。难道她真的决定离开我了?她周围有那么一大群崇拜者,她选择男朋友是唾手可得的……哦,毕竟,我们已经相处四五年了,而且,相处得很愉快。

谢家人对我的态度显然是冷淡了许多。尽管他们极有教养,但我还是能感受到这种冷淡。特别是文波,那种居高临下的客气态度使我感到屈辱。

"听说,你和那个小疯子……叫什么来着?哦,景焕,你和她挺不错的?"送我出门的时候,谢虹一只手托着腮,另一只手抱着膀子,懒洋洋地问我。

"你听谁说的?"我气愤了。

"这还要听谁说?我们早就知道了。连给她父亲办丧事,不也是你给张罗的吗?爸爸妈妈早就让小霓'退出'了,小霓还傻乎乎地帮那个景焕的忙——你知道那个小疯子是个什么东西吗?她是个贪污犯!"

"你是听夏宗华说的吧?"我冷冷地问。

"怎么了?我和老夏快结婚了。听说了?欢迎你来参加婚礼!"

她被叫走了。我心乱如麻地离开谢霓的家。

"你可来了！我以为出了什么事……"

她一见我，便像只小鸟似的轻巧地迎上来。我整整让她等了两个钟头，她却没有一句责备和抱怨的话。

"冰鞋带来了？"我边打开背包边问她。

她点点头，有些不好意思地从破旧的挂包里掏出一双冰鞋。花样刀。冰刀上全是黄锈，中间的槽也几乎磨平了。鞋面的皮子也只剩了薄薄的一层，连鞋带都没有。

"这是我在旧货商店买的。"她红着脸向我解释。

我什么也没说，掏出工具默默地帮她修理。

"你会有一双好冰鞋的。"

"我也这样想。这个月我也许会得到一点钱，我一定要买一双好冰鞋。"她微笑起来，"就像我梦里穿的那样，白色的，半高腰，雪亮的冰刀……"

我无论如何不能相信她是第一次上冰。她穿着那双蹩脚的冰鞋，在冰面上走得很稳。

这儿真是滑野冰的好地方。冰结得很厚，很平滑，从冰层上面可以隐隐看到深层的颜色，像深绿色的玻璃似的，很美。人也很少，除了我们，远远的只有三四个中学生模样的男孩子。中午，太阳照在冰面上，亮晃晃的，我搀着景焕，开始做滑行练习，我们好像不约而同地注意到那投在冰面上的两个影子。

那两个影子一会儿变短，一会儿拉长，一个魁梧健壮，一个娇小玲珑，一会儿重叠在一起，一会儿又很快地分离，像是有生命似的，有一种动荡的飘逸感。

"咱们俩的影子倒是很美。"我忍不住说。

"可惜，人不美。"

她简直有一种近乎病态的敏感！我望望她，突然发现她此刻变得很美，由于热，脸蛋红红的，长长的睫毛覆盖在淡青色的眼窝上，显得很娇媚。

"不，人也很美。"我由衷地说，把她拉近身边。在这瞬间，我真想把她紧紧地抱住，装进自己的胸口。

她仰起脸凝视着我："你真的这么认为吗？"

"当然。"

"是吗？那你是个聪明人。"她毫不客气地说，"我也觉得我自己很美，只不过没被那些蠢货发现就是了。"

"嚯，你可真大言不惭！"我笑了。第一次跟她开起玩笑。

"你也别太高兴，你的那点智慧，不过是螺蛳壳里长出来的一根小草，早就被挤压得弯弯曲曲的了！"她说完，扭头就"跑"，竟然跌跌撞撞、摇摇摆摆地滑了好长一段。我急忙追了上去。

这个丫头！原来她送给我的礼物中还含着这么一层意思！我就这么轻轻易易地被捉弄了，简直令人哭笑不得。

由于今天早上在谢霓家受到的冷遇而引起的感伤，在这时刻被冲淡了。原来她也有活泼、幽默的一面！我心里充满了一种新鲜感。

我带着她滑,慢慢地,越滑越快了。起先,她还有些怕,紧紧地抓住我的手,后来,手慢慢地松动了,她好像掌握了一种内在的旋律,随着那节奏,她的身子慢慢地悠了起来,我小心翼翼地随着她的节奏,拐弯的地方,我放慢速度,尽量拐得缓和些。初春寒冷的气流迎面扑来,景焕红扑扑的脸上还挂着汗珠,她的眼睛半睁半闭。仿佛在体验着梦里的情趣似的。

"你可真行!再有两次,就差不多了。"滑完两圈,我们到湖边的灌木丛休息。

"我觉得,很自然。真的,自然而然地,就敢滑了,就和梦里的滋味儿一样。"她掀起鱼白色的小帽,露出汗津津的前额。我把手绢递给她。

去年,也是这个时候,我和谢霓去西郊滑野冰。她穿着极鲜艳的毛衣,旋转起来,就像冰面上的一个彩色的陀螺,所有的人,特别是那些小伙子,都以钦慕的眼光盯着她。有几个甚至一直随着我们,打听谢霓的地址。作为她的男朋友,我在自豪中也不免带有那么点酸溜溜的醋意。

现在回想起来,这点醋意也是甜蜜的。没有这醋意,我现在心里是真正地发酸了。

我太了解谢霓的为人,她决非平庸之辈,在处理这种问题上,她历来有一种男子气概,决不像一般女孩子那样小心眼儿,好嫉妒猜疑,何况,这件事又是她委托给我的。退一万步说，即使我爱上了景焕，她也决不会嫉妒阻挠，相反，或许还会成全我们（当然，这必须在她认为合适的情况下）。她的那些话我都是相信的。

可现在令人头疼的是，我无法把握自己。我弄不清自己对景焕这种日甚一日的依恋之情是不是爱，更弄不清我对她们中的哪一个爱得更深些，或者说，她们中的哪个人更适合于我。

她们太相反，又太相似。她们两个都很聪明，美丽（尽管美的类型完全不同），又都极有个性。然而不同的家庭和社会环境却塑造了她们截然相反的性格：对于谢霓，我总是担心自己所有的太少，不足以与那些求爱的竞争者抗衡；对于景焕，我又总是怀疑自己给予的太多，因为哪怕是一句温暖的话，也足以充当一片无爱的荒原中的火种。在谢霓面前，我不过是个顺从的追求者，习惯于听她发号施令；而只有在景焕面前，我才是个真正的男人，一个保护者，我才发现了自己作为男性的全部尊严和能力。

"你在想什么？"她小心翼翼地望着我。

"没什么。……我们吃饭吧，看我带了多少好东西——"我打开书包，铺开塑料布，把食物一样样放在上面，很丰盛。

"我也给你带来一点吃的。你闭上眼，我数到十你再睁开——"

我顺从地闭上眼，从睫毛的缝隙里，我模模糊糊地看到她从破书包里掏出了一个手巾袋似的东西，从里面不知掉出几粒什么东西,她慌慌张张地捡起来,往嘴里一放。

"哦——是瓜子儿!"我睁开眼,兴奋地喊出声来。

用手绢儿包着的、满满一袋剥好了的葵花子儿!白皑皑的米粒一样,足有上千颗!这是一颗一颗剥出来的啊!

"你……怎么知道我喜欢吃这个?"

她微笑了一下:"我说过了,我是个女巫。"

"那你……给我讲讲过去未来现在之事,"我边嚼着瓜子边说,"给我算算命——"

她漫不经心地托起我的左手掌,看了看掌纹。

"你的命不值得一算。"她说。

"怎么,是太平庸了?"

"不,是太顺利了。你看这道生命线,平缓光滑,一直延伸到手腕,这证明你寿命很长,而且一生都比较顺利;你的家庭很好,虽只是小康之家,但气氛很和睦,你一定有个好母亲——"

"你怎么知道?!"

"别打岔。你小时候身体并不太好,也不很聪明,你之所以变得这样强壮健康,而且还考上了名牌大学,在很大程度上得益于你的家庭。但你本身……怎么说呢?我说了你可不要生气——你的才气很有限,各方面都很一般,没有什么突出的地方,但正因为这样,才保证了你这一生没有什么跌宕坎坷;……你的事业线嘛,总趋势是上升的,但并没有突飞猛进,你将来在学术上也许会小有成就,或许能当个小官什么的……哦,这里还有另一道线,和你的爱情线结在一起,这说明你也许还有另一条路,但这条路具有很大的偶然性。"她抬起头看看我,一改刚才那种漫不经心的调子,变得认真起来,"你看,这条路能够使你达到人生价值的最高峰,但是,这要经过许多的坎坷磨难……特别是,要取决于你和那个爱你,同时又被你爱的姑娘的关系,……你这一生中,或许会遇上许多姑娘,但是真正能打动你的,只有两个。"她的声音越来越低了,仿佛像要睡着了一样,"而这两个人,在帮助你选择人生道路上起着决定性的作用……你的婚姻线很长,和爱情线纠缠在一起,而后又分离了,这证明你的婚姻和爱情既是相互结合,又是相互背离的,但无论怎样,你未来的婚姻生活是很幸福的,或许会和你的妻子白头偕老……"

她突然顿住了。很匆忙地,她在塑料布上抓起了一块面包,掰了一小块放进嘴里,仿佛是在掩饰一种突然涌上来的、莫名的忧伤。

"怎么不说了?我听着呢。"我柔声说。

"没什么说的了,都是些荒唐的话。"她低声地说,倒出一小杯果汁递给我。

另外几个滑冰的男孩子不知什么时候已经走了。偌大的地方只剩下我们两个人,静得出奇。结着厚厚冰层的湖面反映出变得灰暗的天空,静得能使人产生某种幻觉。

"讲点什么吧,景焕。"

"什么?"

"那天,你还没有讲完。"

她从容不迫地把面包和罐头水果一点点地放进嘴里,她今天食欲很好。

"他们都以为,我拿钱是为了夏宗华,夏宗华自己也这么认为。其实……"

"那么实际情况又是怎样的呢?告诉我……"

"很简单。还是那句话——为了摆脱我的工作,我宁肯进监狱,也不愿再干下去了。"

"于是你就故意拿了钱?"

"其实我拿的钱,还不如我填进去一半那么多。"

"那么为什么又偏偏和夏宗华纠缠在一起呢?"

"因为……因为我也同样厌倦了和他的关系。我想结束这一切。"她不吃了。用手绢擦擦手,一条腿屈着,另一条腿伸得很长,她的脚长得很美,很匀称,厚厚的裤子也没能遮住那起伏平缓的、优美的线条。

"尽管我从没相信过他会真正爱我,但我总还对他抱有一线希望。我摆脱不了这线希望,我希望由他自己来打破。正好有个机会……"

原来,景焕过去喜爱集邮,有不少好邮票。夏宗华不知从哪里听说,其中有张"文革票"价值一万美金。为此,他首先恢复了与伊朗公主的通信联系(吉耶美已出嫁,埃耶梅还待字闺中),然后拿了景焕的邮票,在一个适当的时机托埃耶梅找了一位"外国票友",想把这邮票兑换成美元。这笔投机买卖没做成，夏宗华便进了"局子"。罚款数目很大，景焕为他四处筹集，并且拿了街道工厂的款子。

"事情就像我预料的那样，他出来了，我被开除了。他倒是很真实，连表面的文章也没做做，就和我绝交了。"她的口气淡淡的，"于是，一切都结束了。"

"那么，你今后打算怎么办呢？"

她摇摇头，眼睛望着天空。

"那天你送给我的插花，我给一个朋友看了，他现在一个民办的工艺美术公司当副经理。他很欣赏你的作品。他说，如果有可能的话，想和你签订合同，由他们公司代销，利润三七开……"

"是真的？有人喜欢我的插花？"

"当然。据我所知，喜欢的人还很多。"我想起那两位日本女客的事，"景焕，现在中国搞插花艺术的还不多，我想你很有这方面的天资，一定会搞出名堂的。我有很多热心的同学和朋友，他们都会帮你的……"

她的眼睛里又闪出了那两团迷人的星光，良久，她轻轻地说："真是……太谢谢你了……"

暮色渐渐深浓了。远方灰暗的云朵聚集成大块，像泼墨画里的牡丹似的。落日把最后一缕苍白的光线投到灌木林的尖顶，寒风又把这光线撕碎，抛洒在湖面的厚厚冰层上，发出凄厉的声响。

"冷了吧？再滑一会儿？"

她仰起头,信任地把手放在我的手心里,嘴角上挂着一缕娇媚的微笑。

我拉着她滑了一会儿,渐渐把手松开了。

她一个人在冰面上滑行!暮色中,我看见她的眼睛好像始终是半睁半闭的,她沿着我们滑过的那个圈子滑着,风把她那顶小帽吹掉了,一头柔丝在冰面上飞舞起来。

我想起了那首叫作《弧光》的钢琴曲。

夜深了。这是一个无星无月的夜。我们俩静静地坐着,仿佛互相听得见对方的心音。她冰凉的小手正在我的掌心里悄悄地融化。有一种说不出的含着苦涩的甜蜜感哽塞着我的喉头。我怕这一刻我会说出蠢话。但沉默又迫着我不得不说些什么。

"今天……你玩得高兴吗?"

"当然。……很高兴。好长时间没这么高兴了。……"她的微笑里带着几分忧伤,"我发现,我的情况还不像想象的那么坏……"

"你的才华还远远没有发挥出来……"

"一个人总有些他喜欢、热爱的东西,假如这就叫作才华的话……"

"是啊,我也常想,假如一个人永远可以干他喜欢干的事就好了。可实际上这是不可能的。因为除了喜欢、热爱的概念之外,还有需要。社会还没有发展到那一步,也就是说,人的个性的全面发展还缺乏条件……实际上，对工作的兴趣是可以培养的……很多人干的不也是自己不喜欢的工作吗？可是时间长了，照样干得蛮好……"

"这是……你的心里话吗？"

"我想……我是这么认为的。"

她不说话了，呆呆地望着广漠的天空。

"你不觉得，我们现在的生活很可怜吗？"良久，她突然低声问我。

"可怜？"

"是的。我们像只工蚁，而不是像个人那样地活着。"

"……"

"我同意爸爸的观点，人类社会是以学习为基础的。人，这种生命有机体，具有创造力上无限的多样性和可能性。只有蚂蚁社会才以遗传模式为基础，假如对人施以限制，让他永远像工蚁那样去重复固定的职能，那么他作为人的优越性永远发挥不出来，也就是说，他永远成为不了一个完善的人……"

这番话使我目瞪口呆。我万万想不到，在她的心灵深处还藏着这许多东西，这太不符合我们日常所受的教育和常规理论了。因此听起来是那么别扭……

"怪不得谢霓说你是个梦想家。可我们现在生活着的是一个讲求实际的社会。"

"其实，梦想与现实只有一步之遥。这个地方……不就是我首先在梦中常常见到的吗？……这只是巧合吗？……"

"这……偶然性太大了。"我勉强说。

"偶然？爸爸说得对，我们这个世界就是一个偶然性的世界。没有幻想，没有梦，没有那些被你们认为是荒诞不经的想法，就没有今天的科学，今天的人类。"她忽然变成了一个喜欢夸夸其谈的女理论家，这使我深感不快。"就说'飞翔'吧，这是人类的最古老的梦想。从中国最古老的神话、托钵僧的梦想，到关于克里特英雄伊卡洛斯的传说，……后来，不再是传说了。人类发现了撒哈拉阿杰尔高原的岩石画……那些岩石画上画着一些类似翅膀的东西……这究竟是人类的想象，还是那时外星球来的某种飞行器呢？为什么我们不能设想一位星外来客曾在这个岩洞里生活过呢？从古代的神话，伊卡洛斯的飞翔，经过高原岩石画，中世纪巫师的扫帚和达·芬奇设计的翅膀，一直到菲利斯·佛格的世界……科学和富有诗意的梦想难道有一时一刻是分离开的吗？……"

我像看一个陌生人那样看着她。我自以为了解她，可至今才看到她的本来面目。或者说，是她的另一面。应该承认，她讲的话里确实有许多我不知道，也从来没去想的东西，这使我这个大学生深感惭愧。

"把梦想变为现实的过程中，热爱是一把最好的解决困难的钥匙。我喜欢花，喜欢那些美的东西，于是我就想方设法使它更美，改变它的颜色、香气和花期，我可以让夜晚的花在白天开放，夏季的花在冬天存活，难道这些在古代人类的梦想中，不是只有女神才可以做到的事吗？……你做到了，你就是女神；你认识到了这个，你就懂了你活着的意义。于是你又去开拓一片新的你热爱的领地，你作为一个人的潜能就这么一点一点地被挖掘着，直到你度完了一生，你看到了你耕耘的果子，你看到了人类在品尝这果子，于是你明白，你的人生价值实现了……"

尽管我可以提出一千条理由来反驳她，但此时此刻我却说不出来。我的内心深处被某种东西震撼了。

应该承认，我那一千条理由都是别人的。我至今还没有形成自己固定的想法。风，变得更寒冷了。我在内心嘲笑着自己：搞心理学的，却完全不善于了解别人。几个月来我心目中的那个温顺的、惹人怜爱的姑娘不存在了。我庆幸自己刚才没有讲出什么蠢话。

谢霓说得对，我们都是凡夫俗子，而她，却是玛雅金字塔：神秘，孤傲，可望不可即。是收场的时候了。

"景焕，我……我想跟你说一件事……"我努力把话说得温柔、平缓些。我不愿再增添这个姑娘内心的创伤，但我必须说出来，迟迟不决只会对她更加不利。

"不，你不要说……"她显得又紧张，又激动，像是已经期待了很久似的，在幽暗的光线里，她的眼睛像黑夜中的两点美丽的萤火。

"不，我要说，这事一定得跟你说……"我明明知道，她在期待着什么。我明明知道，我只要说出了那永恒的三个字，这双眼睛里的萤火就会喷射出来,这颗心就会像蜂蜡一般融化……可是,我却只能受另一种更强大的力量的驱使,说出另一番话来……"你知道,谢霓是我的女朋友,我们已经相处三四年了,可就在前几天,我们发生了冲突。是为你。她有些误会;……你……你能帮帮我吗?我知道,你是个很好的姑娘,又聪明又善良,我也很喜欢你……可是……"我说不下去了,自己也认为太虚伪,我希望她痛痛快快地骂我一顿,然而,她却连一句责备的话都没有。

"我懂了。"她急急地说,抑制不住嘴唇的颤抖,我鼓起勇气看了她一眼,她那种神情真是令人心碎,那两点美丽的萤火在黑暗中熄灭了。

"我会去……会去替你解释的。"

我半晌抬不起头来。心上,有一种沉重的东西在压迫着我,我就用这种姿势坐了好久好久,直到手脚都麻木了。

我心里的另一种东西像刀子似的拉着我。不,不!这未免太卑劣,太不近人情了!我抬起头来,想把这几个月来内心感情的变化、矛盾和痛苦统统向她和盘托出。

她不知什么时候已经走了。

"她来过了,替你说了不少好话。"谢霓抱着饼干筒边吃边说,"看得出,她真心真意地爱过你,也许现在还在爱着……"

"后来呢,她上哪儿去了?"

"不知道。也许是上那个养花老头那儿去了？"

"她没有给我留下什么话，或者什么东西吗？"我像个偏执狂似的追问着。

"没有。也许，这件事是我办得不对，……可无论如何，这几个月的院外治疗还是对她产生了效果的……"

"别说了！"我突然愤怒地咆哮起来。

谢霓吃惊地望着我，把饼干筒扔在一边。

"她留下的，只有这些小玩意儿和两幅画，小玩意儿，你不会感兴趣，那幅《弧光》在妈妈手里，这幅是阁下的肖像，你拿去吧。"她从抽屉里把景焕给我画的那幅肖像拿出来，递给我，"你抽空把最后的谈话记录整理出来，快点给我。我在这个小医院终非长久之计，今年的病理专业研究生我还是要考的。景焕的材料，对我来讲是太重要了。郑大夫已经向我透露了点儿消息……"她越说越兴奋了，"现在国内已经有人搞移情疗法，我得争取抢先发表论文，这对研究生考试有利。……"

她还说了些什么，我已经记不清了。我的全部意识都集中在这幅肖像上。我吃惊地发现，这幅本来被认为是丑化了的形象竟如此像我，我还从没有见过一个画像能这样活生生地画出一个人的灵魂。或许，她真是个女巫吧？我默默地想，打开了窗子。

双鱼星座

双鱼星座，黄道十二宫的最后一个星座。

神秘的海王星主宰着这一星座。海王星是一切艺术灵感的发源地。因此，出生在这一生辰星位的人，敏感、神秘，耽于幻想，经常在只有冥想而无行动的特殊意境中生活。假若他是男性，则有一种天真、忠厚的气质，有乌托邦思想倾向，但也常常会有一种惰性和优柔寡断；假若她是女性，则有一种奇异的魅力，她异常渴望爱情，她的一生只幻想着一件事，那就是爱和被爱——爱情，是她生命的唯一动力。她虽然聪明绝顶，但很可能一事无成：因为脆弱、漫不经心、自由放任会毁掉她的灵性；而她幻想中的爱情则充斥着危险——那是所罗门的瓶子，一旦禁锢的魔鬼溜出瓶子，便会在毁掉别人的同时，毁掉她自身。

想象力丰富的双鱼座人说：我相信。

表达爱情的方式：被动的。

是一个：感情纯真的人。

渴望：爱的欢乐。

弱点：不会说"不"字。

喜欢：幻想。

害怕：被遗忘。

寻求：捷径。

秉性：听任自然。

假期生活：海边。

开支：心中无数。

吉祥物：马头鱼尾怪兽。

吉祥植物：一切能引起幻觉的水生植物。

吉祥宝石：翡翠。

吉祥日：星期四。

吉祥色彩：水色。

吉祥数字：9。

理想居住地：埃及。波斯。巴厘岛。火奴鲁鲁。

出生在双鱼座的大人物：爱因斯坦。施特劳斯。米开朗琪罗。哥白尼。雨果。肖邦。拉威尔。

出生在双鱼座的小人物：卜零。

1

那一轮星座就挂在对面的山墙上。

薄而纤弱的空气丝绸一般抖动着,整个夜晚飘浮在一片倒影和反光之中,玻璃鱼缸一样地衬托出一对浮动的鱼——那是星星的网结成的。星星珠串一般穿起两个菱形的脉络,宁静而精致。

记不清多长时间了,卜零眼里的星星似乎蒙上了一层陈旧的颜色,她看不见那银色甲壳虫似的闪烁,只能看到失去光泽的星体,蒙受着一层陈年旧色,像一张旧照片那样平面而泛黄。这种失去光泽的星星令人恐惧。韦说你的视网膜出问题了,你得去医院看看。韦反复说了多次。卜零总是答应着,但一到清早就忘了。毕竟,白昼比黑夜的时间要长。

卜零在一家市级电视台写剧本。她写的剧本,大半都不能用。侥幸上了一两集的单本戏,还被排在零点以后播出。哪个导演也不愿接她的本子。譬如有一次她在开场戏中写道:日。外。河边。春天,踏着湿漉漉的脚步走来了。又如,她这样形容男主人公:他的外衣和灵魂都是灰色的,像一条灰色河流中的水分子。

剧组里的人短不了拿这样的本子开玩笑。卜零也从不到剧组去。所以,实行全员聘任制的方案刚一出台,卜零就知道自己的饭碗快要保不住了。

幸好,那一轮星座每天晚上都如期而至,可以很长时间地吸引卜零的目光。不必说话,也不必麻烦别人。

自从卜零从一本书上知道那叠在一起的两个菱形是双鱼星座,是属于她的生辰星位,她常常调侃地默望。

2

韦不知什么时候已经坐上车了。

有一天黄昏,卜零像平常那样走上阳台去眺望远方尚未出现的星星,一辆小轿车静静驶来,暗绿色萤火虫似的。一个年轻的司机轻捷地跳下来,很恭敬地打开车门,韦便从容不迫地下了车。韦挺胸凸腹的派头正好与司机的谦恭态度形成反差。

卜零当时强烈地感觉到韦缺一双男式高跟皮鞋。很奇怪,C市这两年像是接到了什么统一命令似的,男士的鞋跟一律不再隆起。卜零为此曾专程跑到一家日制皮鞋专卖店,花了七百多元买了一双43码的高跟男鞋,据说是从日本直接进口的。很虔诚地请韦试过了,即使是鞋跟鞋尖塞满了棉花,依然是大。卜零对一切数字都只有模糊概念,包括避孕套的大小型号。韦便半开玩笑地说:恐怕不是给我买的吧?是不是还在想着一米八二?

一米八二是他们夫妻间一个约定俗成的符号。很简单,卜零过去的男朋友身高一米八二。韦把卜零从他手里夺过来颇费了一番心思,因此总是耿耿于怀。韦在今天姑娘们的眼中属于"全残",但卜零却对此视而不见。卜零从来不重视过去时。因此当她头一次看到那失去光泽的星星时吓了一跳,以为是上天给予她的某种启示。

后来一米八二到南方的一家公司里当了总经理。前些年曾携带大量钱财珠宝来到C市,所有看到他的熟人都认为他将和卜零鸳梦重温。实际上也是这样,他找到卜零,喏嚅着对她说,过去的观念太陈旧了,好像爱就非得结婚似的。实际上他们完全可以成为不必结婚的爱人。他把卜零搂进怀里,吻她。他的脸涨得血红,他的手烫得她皮肤生疼,但她的身体却始终是冰凉的,脸色惨白如同冰雪。待他脸上的潮红渐渐退却,她客气而冷淡地把他送到门厅,她的目光越过他看着他身后的门。那门竟缓缓地洞开了:韦不合时宜地夹着公文包走进来。韦和一米八二擦肩而过的时候,她迅速而又准确地计算了一下,他们大约相差十三四厘米的样子(当然,依然是模糊概念）。那时韦还在一家政府机关里做小职员，穿着很寒酸。

韦什么也没说。甚至连一句话都没问。卜零返回到沙发上坐了下来，捡起织了半截的毛衣。这是深灰和浅褐两色线织成的玉蜀米花。卜零耐心地织着，一粒粒的玉蜀米在她手下凸起。后来她织成了一件十分时髦的大毛衣。但是韦穿在身上像个口袋。当天晚上韦下班之后就把毛衣脱了。韦脱掉了这件大毛衣之后便拒绝卜零为他购买的所有衣物。至今这件大毛衣依然静静地躺在柜橱里，发出一股强烈的樟脑味。

不过那时韦依然很尊崇卜零。韦惊奇写剧本的人能在一张张白纸上从无到有地变出些黑字。韦从不在乎那些黑字说的是什么。

3

直到韦调到一家大公司。一天深夜韦从一家歌舞厅回来，一边还在回味着鹿鞭的香味。韦看到卜零正坐在窗前写一个剧本。他看到那些枯燥的黑字源源不断地从她手下流出，忽然感到操作这些黑字的女人十分贫弱。韦这时才悟到自己娶的原来是个百无一能的女人。他的耳畔于是又响起甘美水果一般的歌唱。年轻丰腴的少女，乳房在灯光下如同旋转的星球，裙裾飘动宛若金莲花的舞蹈。更重要的是，她们懂得最简单的交换价值：一只绵羊等于两把斧子。

黑字的神秘性大概就是在那时消失的。

4

韦做了总经理之后更加早出晚归。卜零渐渐领略了"商人妇"的滋味。夜深人静的时候,卜零无法入睡。卜零于是学会在百无聊赖的时候用照镜子来消磨时间的方法。

卜零的容貌,似乎该算作争议很大、变化很大的那一种。有人说卜零很美丽,而另外一些人说卜零根本不美。卜零心里有数,说她美的大半是男人,特别是五十岁左右的男人;说她不美的则百分之百是女人,尤其是六十岁以上的老太太。

卜零对自己的容貌一点儿也不自信。

有一次，一个同事借给卜零一本书。这是一本奇怪的书，上面画满了各种各样的图像，那是女性分解了的各个部位。这本书囊括了全球各个人种、各种肤色的女性。卜零对着镜子一个部位一个部位地对照，终于发现自己接近西亚、北非那一族的女性。书上写着：地中海式体形，丰乳，突臀，细腰，腿肥硕，略短，肤色较暗，毛发浓密。卜零于是开始冥想：或许她的某个祖先来自古埃及或古波斯，肩上搭一条美丽的地毯，背一袋黑面包干，骑着骆驼自西向东而来，先在古敦煌的石窟中落脚，做了一名工匠。后来，一位被放逐的唐代公主爱上了这工匠，就在那布满团花、卷草和菱环纹的藻井下面，公主散开发髻，摘掉钗环宝钿，脱去云头履，波斯工匠拜倒在她的石榴裙下，第一次吻了她额前的五出梅花。公主额前的梅花顿时金光闪闪晶莹亮丽。于是在这佛国宝地他们生儿育女代代繁衍……这故事美则美矣，还是多少有些落套，卜零想。卜零不愿做皇族的后裔。最好祖先是亚历山大大帝东征时的一名武士。在青铜色的盾牌后面他看中了一个东方舞姬。那舞姬身穿银红绸衣，戴极大的珍珠，长巾飘拂，一臂上举，一臂下弯，身侧左倾，舞姬跳的是唐代名舞《绿腰》，静时如池柳依依、楚楚动人，动时如云飞鹤翔、雪回花舞……卜零浮想连翩不能自已，仿佛自己便成了那舞姬。她做几个动作，再瞥一眼镜子，忽然像发酵的酒一般涌动起来，卜零知道自己一直在躲避着什么，这躲避着的就像关闭在铁窗里的囚徒一般一有机会便越狱逃跑。这时她的心跳加速血流加快,镜中,一种病态的红润渐渐席卷了她,一股燥热空洞地涌起,她扯去衣衫,无助地站在镜前舞姬般扭动身体,她觉得一股热流正逼向那个隐秘之处,她闭上眼睛,把自己想象成正在被武士占有的舞姬。于是闭上眼睛的卜零心目中的意象变得朦朦胧胧神神秘秘难以言说……

很久之后卜零才清醒过来。她仰躺着,忽然明白上面根本不是什么天空。上面是天花板,四周是墙壁。这个狭窄的空间里只有她自己。要命的是此时世界上只有她一个人。那股热流依然在体内涌动着,没有降温。她哆嗦着抓住身旁的杯子向镜子砸去,随着一声意料中的爆响,她看到自己暗栗色的身体变成了碎片,她笑起来,笑得泪水喷涌而出,她浸泡在自己的泪水中像一条垂死的鱼。

5

卜零生日那天的烛光晚会安排在一家四星级的饭店里。

卜零曾坚持着不过生日。过一年就要大一岁，老一岁，卜零掩耳盗铃地想忘掉自己的年龄。

但是韦自有安排。韦不仅要为她过生日，还要利用这个机会大大炫耀一下。所以他给卜零娘家所有的亲戚都打了电话。亲戚们不来往已经有好几年了。近来他们已从不同渠道获悉关于韦的发达，正在寻找重新联络的纽带，因此韦的电话让他们喜出望外。他们早早便来到饭店，拥着卜零患早期脑血栓的母亲，显示出一派欢乐祥和的景象。

卜零扶母亲坐在上座。母亲伸出鸡爪般青筋毕露的手指兴奋地指向圆桌中心。卜零惊异地看到圆桌的中心不知什么时候出现了一个大蛋糕。塔式的，大约有六层。每一层都有精致的奶油花和生日快乐的字样。那种浅米黄和巧克力色很幸福地搭配在一起，越发衬托出几个字的鲜红欲滴，这种鲜红因为过分华丽而引不起食欲。烛光珍珠般地滑落在亚麻绣花台布上。女眷们腕上的银丝手镯和金色指环交相辉映，显示出一种温润可人的怀旧情调。卜零知道那蛋糕一定很贵。

韦真是个好丈夫。母亲、哥哥、弟弟和所有的亲戚不约而同地说。这时韦来了，后面跟着他的司机。

6

韦大概是有意制造这种戏剧性效果的。他在宾客全体起立的隆重欢迎面前领袖般地挥了挥手臂,尽量挥得潇洒和自然。大家自然一致称赞韦。那些经过过滤的溢美之词足以使韦把前些年在这个家庭遭受的荼毒忘得一干二净。韦的面孔漾着油光,金丝眼镜闪闪发亮。韦的全身都像镀了金似的发出光彩。患脑血栓说不清话的岳母用慈祥的目光打量着心爱的女婿。哥哥和弟弟和嫂子和弟媳们则把一种嫉羡交错的眼光投向卜零。韦发现了这个,便知道自己已经赢得了满分。

韦在心里不出声地笑了。

卜零却发现他忽略了一个细节——他不该和那个司机一起进来。尽管韦西装笔挺而司机只随随便便地穿着便装，韦精心做了最时髦的发型而司机只是留着最普通的头发。韦被司机修长的双腿衬着像被裁掉了一截。连韦矜持的微笑也被淹没了——司机那灿烂的笑使整个房间都变得明亮起来。卜零觉得韦更适合走在司机后面。

生日快乐！司机石向卜零问候，态度依然很谦恭。

谢谢。她礼节性地点点头，随即觉察出那双亮眼背后潜藏的危险。

7

那位来自古埃及或古波斯的巫师就坐在地毯上。地毯的图案像一幅美丽的铜版画一般精致。上面密密麻麻地绣着枝叶茂密的树林。林木深处有金黄色的林妖在舞蹈。卜零第一眼看到巫师的时候就想起俄罗斯童话中的老妖婆。好像这老妖与地毯上美艳的林妖们有着一种什么神秘的默契似的,她们浑然一体。巫师容貌丑陋而破败。看不出她的年龄。她面前的小桌子上摆着一个多棱多面的水晶球,水晶球把她破败的脸分割成规整的几何图形。

关于这位巫师，C城有着各种各样的传闻。这些传闻使一贯信奉唯物主义的韦也暗暗心惊。韦之所以选择这饭店，大半正是为了这位巫师。但韦在卜零面前并不想承认这个。韦表情淡漠地看着卜零走近那神秘的老女人。那女人坐在那里，俨然是一位神话中的人物。她的头发高高盘起，上面插着一支毛茸茸的鸟羽，从额头沿面颊一侧垂下，遮住了大半张脸。她穿了一件黑衣，细工洞明，透出肌肤的芳香，似乎又有些海藻的腥气。她用一只眼诡秘地盯着卜零，那只眼发出幽暗的银蓝色的光，像是伏卧着的银色蝶蠊。

她用可笑的汉语发音问了卜零的姓名和阳历生辰。接着她说：姑娘，请你说一句话，随便说一句什么。

卜零想了想。卜零的大脑呈现出一片空白。这时卜零看水晶球中朦胧显现的月桂树。月桂树的纹路很像是精美的刺青。

刺青是世界上最美丽的杀菌药。卜零说。

巫师微微一笑。巫师的笑容居然十分动人。巫师把自己藏在水晶球后面，球体慢慢转动着，每一道晶莹的折射都令人胆战心惊。

你很聪明。巫师说。但是你活不长。

那没关系。

巫师惊讶地看了看眼前的中国女人，接着说：你的家庭看上去很好，但其实你并不爱你的丈夫。

那又怎样？

巫师把声音压到最低：今年春天，你会遇到一个男人。

一个男人？一个什么样的男人？卜零竭力避开水晶球的折射。这时她感觉到那折光似乎返照着一个影像，那影像似乎就立在她的身后。

巫师笑起来，用极难听的汉语发音慢慢地说：你真的不知道吗？你一生都在想男人。卜零几乎晕厥了。她慢慢回过头去——身后真的站着个人，是石，那个司机。这时他正睁着那双亮眼怯生生地盯着她。巫师的话无疑他是听到了，卜零觉得全身的血都涌到脸上，而石的脸也像被返照似的红了。这真是个尴尬的场面。

你有什么事吗？卜零避开那很亮的眼光。

我……我也想听听。我今天也过生日。

你也是双鱼星座？那双亮眼眨了一下，像水晶球泛起的涟漪。

嗬——这么说你比我整整小一轮。卜零的眼睛在睫毛掩护下悄悄打量他。这年轻司机的面容几乎是完美的。前额光洁明亮，鼻梁修长挺直，瞳孔不是黑色，而是一种透明的湖水色，有许多的亮光汪在里面要从这湖水中溢出来。卜零从没见过这么漂亮的男人。更奇怪的是他身上有一种与身份不相符的高贵，虽然他羞涩谦卑又小心翼翼，不留神的时候仍会流露出一种落难王子般的高贵气质。卜零奇怪这种高贵从何而来。或许，蛋糕是他买的吧？卜零想。

蛋糕的确是石买的。韦上车后就证实了这一点。小石跑遍了大半个C市呢！还坚决不要钱！你还不谢谢人家?！可卜零拿不准石究竟是为了她还是为他的老板。石转动着方向盘嗫嚅了几句。可惜看不见他此刻的表情。卜零的位置只能看见他的背影，他总喜欢穿一件写有"今宵属于你"的白色文化衫。这几个字使她联想到头上插着的草标。或许仅仅是烟幕弹吧。她可以看到握着方向盘和筋节突起的胳膊和旁边那条肥硕的白手臂的奇异对比。她把车窗放下来。坐在石身旁的韦回过身，韦说卜零你别忘了明天去看眼睛。

8

一个月之后的一天晚上,韦大腹便便地从浴室里走出来,边用毛巾揩着肚子上的水珠边对卜零说:春天了,一起去乐水度假村钓钓鱼好不好?

卜零当然说好。卜零的工作没有任何进展,最近很怕见老板,很想躲到一个地方散散心。何况,她知道石也同行。

不知从何时起,韦已经离不开石了。石不但是司机,还是听差、保姆和马弁。韦兴致勃勃地给石打了电话,让他准备好三支钓竿、三柄遮阳伞和三只小凳子。韦知道石肯定有这些东西的——石是个钓鱼的行家。

那一天天气特别好。C城的天空出现了少有的蔚蓝色，并且有一丝丝白云飘浮在天空，看上去像是一束弯卷的玻璃纤维。刚刚落过雨的湖水很明丽，倒映出两岸沙沙作响的杨树，再远处有一片桃林，盛开着粉红色的鲜艳花朵。好天气总是带来好心情。石从"萤火虫"的后备箱里拿出钓竿，穿上鱼饵。石很利索地把三根钓竿和三柄阳伞安好。三人并排坐着，韦在中间，石和卜零在两边。韦不时讲些符合老总身份的笑话。气氛很愉快。第十七分钟的时候韦的鱼漂忽然动了。韦和卜零一起欢叫着把鱼钓上来，却是一条尺多长的白鳝！韦红光满面地大喊：快摘钩儿快摘钩儿！石扑过去把白鳝按住放在网兜里，然后把网兜一头拴在岸上，一头浸入水中。韦十分得意，反复向周围的垂钓者们证实钓到白鳝何等不易。吃中饭的时候，韦买了整整一箱啤酒款待石，并且请度假村的小餐厅把白鳝烹了，三个人吃了赞不绝口。吃罢饭韦照例要小憩一下，于是石和卜零便有了单独交谈的机会。

这是个新开发的旅游区，游者甚少，因此干净和安谧。水是新鲜的碧蓝，偶尔漾起雪白的泡沫，鲜奶一般醇浓。中间隔着一张空凳和一支寂寥的钓竿，石和卜零都充分感受到对方的存在。

石连钓了四条鱼，卜零的钓竿却毫无动静。不断扩散的水的波纹很容易使人产生错觉，卜零觉得鱼漂好像动了一下，她急急地拉，竿弯了，根本拉不动。卜零暗暗祈祷这是一条

— 118 —

与众不同的大鱼。卜零使尽了全身力气仍然拉不动,却被一种反作用力拉得鱼竿脱手。钓竿就那么轻飘飘地在风中转了半个圈儿,一头栽入湖中。卜零觉得自己也跟着栽进去了似的。

　　石走过来,一双亮眼充满了幸灾乐祸的笑意。垂钓者们都看过来,卜零也只好捂了脸,低垂着眸子哧哧地笑,她不敢承接石的目光,只软软地抬起一只手臂指着正在漂移的钓竿:真糟糕,掉水里了。卜零这时并不知道她这样子非常好看。石呵呵一笑:没关系,只要你没掉水里就成。卜零的两腮立刻滚烫起来。卜零那只举起的手臂流露出一种不可言说的优雅意味。那是极优美的线条,像水流划出的弧线那样。卜零的肤色有些发暗,这时在阳光下变成浅黄色,半透明的,石榴石一样美丽,这种半透明的黄足以引起任何遐想。石看到这种黄色就恢复了某种记忆。石记起那天的生日晚会,在巫师的水晶球面前,卜零蓦然回眸,脸色就像湖边盛开的桃花一样鲜艳,她那惊慌失措的样子像一只被追逐的牝鹿一样美丽。石无论如何不敢相信她已年近四十。她当时说她比他大一轮,但她说这话其实只是为了掩饰她的惊慌。

　　石沿着湖边断砖砌成的斜面下到水中。卜零俯视着他。她刚好可以看到他宽肩阔背上不断活动着的肌肉群。他那筋节突起的手臂正伸向水面的钓竿。他身上有什么东西让她怦然心动。人体内一定隐藏着某种密码,只有高度契合才能互相感应。不知何时开始卜零发现只要她接近这小司机的身体,便会有一种强烈的异样感觉,因此卜零开始有意地躲避——在她这个年龄已经不允许做这种毫无可能性的游戏。但是,她身体内部的那个囚徒,那个饥饿的囚徒却常常不合时宜地冲出她精神化的牢笼——越狱逃跑。

石把钓竿捞上来了。石告诉卜零,刚才钓竿拉不动不是因为有了大鱼,而是卜零不小心把鱼钩嵌进水底的石缝里去了。石说需要立即换一个鱼钩。

9

石点了支烟,伸出一只大手。石说姐姐你给我看看手相吧。不知从什么时候起石背着人就叫卜零姐姐了。卜零犹豫了一下,接过那只大手,用手指轻抚石手掌上的纹路。卜零发现石的掌心似乎蒙上了一层白露,而所有的掌纹都断裂了,模糊不清。石有点羞怯地说姐姐你看不清吧,我这只手被汽油给烧过,要不下回我刷干净了再请你看?看来得用刷猪毛的刷子——卜零扑哧笑出来。石这种大男孩式的腼腆让人心醉。每到这时候他的一双大眼睛也涨得绯红。卜零又让他伸出另一只手。卜零貌似认真实际心不在焉地看一遍之后说,你三个月之内要有一次大灾,这灾和一个女人有关系。石惊呆了,石问这灾怎么才能躲得过去,卜零摇摇头继续说你这辈子有三个女人,其中一个女人能解救你,可另外两个会让你更倒霉。石大睁着眼睛想了半天,什么?三个女人?他问。卜零的目光软软地淌过去:怎么了?是嫌多了,还是嫌少了?石摇摇头,大眼睛里全是迷茫。卜零觉得他这种表情美得出奇。卜零说你是不是有什么秘密?让我瞧瞧。卜零又接过他那只被汽油烧了的手。

卜零再次握住这只手的同时她觉得事情要糟了。一种情绪忽然以不可阻挡之势涌动出来。因为涌得太急太快她感到头晕目眩。那只绝对沧桑的粗糙的手充满了性感。他近在咫尺,每一次呼吸都使她心旌摇荡,他的身体还没碰到她她便感到全身震颤,她渴望这双手来捏碎她。她被这强烈的渴望压迫得抬不起头说不出话——而在韦面前,她甚至毫无羞怯感。韦雪白肥满的腹部让她恶心。她与韦做爱的唯一要求便是关灯。在黑暗中她可以把韦想象成任何一个男人,唯独不是韦。

石等了很久,等到不正常的那么久了,石忽然感觉到有点不妙。握住他手的那只手温润如玉,那只温润如玉的手起了一种微微的痉挛。接着他看到那张死死沉下去的脸。满头秀发纷垂下来,遮蔽着她的表情。她的表情使人幻想湖水中一根青草的容颜。因为头垂得太低,她的胸部悄然暴露,从他的位置可以看到她的两个乳房的上半圆,那半透明的杏子黄的石榴石,乳房弧形的圆润纯金一样的温暖,石觉得嘴唇陡然干渴起来,他慌乱地往嘴里放一支烟却忘了打火,后来总算把火打着了而火苗毫不留情地灼伤了他迟疑的手。

这时阳光非同寻常地有力度,云彩的斜影在远处山脊上摇晃,偌大一个湖面好像只有他们两个人。天空在俯视着一种美丽,这种撕人心肺的无言之美。

就在这时韦伸着懒腰走来了。

韦看到卜零和石很近地坐在一起,卜零似乎还拉着石的一只手。韦很奇怪这两个人在一起会有什么话说。卜零吃了一惊似的站起来。韦倒是很大度,拈起小凳子说你们慢慢聊着,我到那边去钓鱼。说罢就扛起鱼竿向对岸走去。当韦快要走到对岸的时候石犹豫着站起来。石问姐姐你过去吗?卜零坚决地摇了摇头。卜零的拒绝是希望石也同样拒绝,但是石说那姐姐你一人在这儿钓吧,我得跟韦总过去。卜零沉默良久说其实你不过去也没关系。卜零说这句话几乎用了全身的力气。但是石笑笑说还是过去好吧。说罢便扛起鱼竿拎着凳子走了。太阳把他长长的影子一直投到卜零眼前。卜零胸中溢满了的东西从眼里流出来了。对着空旷的湖水她泪流满面不能自已。

10

第二天,卜零的老板找她谈话。

卜零的老板原是南方人,前两年刚调入市台。老板个子很小,心计却极深,他很知道如何使用卜零这样的女人。这时他端坐在椅子上,很严肃地说:有一个题材,你去抓抓看。要下到少数民族的寨子里,最边远的寨子。现在台里要大批裁人,这也许是你最后的机会了。哦,费了好大劲才联系上的哟!

卜零向老板表示了感谢,就立即去买了火车票。卜零心中对巫师的话似信非信。那个在春天里相遇的男人，或许仅仅是遥远的爱情灰烬中的一个回响，它用面纱把你遮住，给你一种非物质的感觉，使你误入歧途，以为它是走向另一世界的通道，可实际上，它不过是个陷阱。

要命的是，卜零的怀疑背后仍然存有希望，她的怀疑正是为了她的希望。她的希望背后是一个年轻男人的影子，那个男人在空旷的湖水的背景下向她伸出一只手，他说姐姐给我看看手相吧。

台里规定，处级以上干部才能享受乘飞机的待遇。所以卜零只好买火车票。

11

临行那天正好韦要与某国的投资集团签约。暗绿色的萤火虫先把韦送到集团公司的大厦前，然后才转向去车站的路。一路上韦半闭着眼睛一言不发。石按照韦惯常的要求打开车内的收音机收听新闻。播音员平板的语调迫使卜零向韦做出求和的身体语言，韦却毫不理睬。卜零看见韦眼角上残留的黄色分泌物。她下意识地伸出手，然后手指像被施了定身法似的停在空中——她害怕触碰韦的身体，害怕韦会做出过度的反应。但是真正对她构成威胁的，却是前面反光镜里的那双眼睛。

不知多久了,卜零总是习惯地坐在正对反光镜的那一面,在镜里端详自己的面容。镜面呈现的淑女般的面孔往往会使她产生莫名其妙的联想。卜零看到淑女面孔的背后有一座空漠的房子。那房子通常有着一种幽冥般的寂静。一个走来走去的女人面对一面形状古怪的大镜子,慢慢脱下自己的衣服。光鲜的外衣里面,是肮脏的胸罩和内裤。那些内衣的层层花边都染上了别的颜色,或者说,是被岁月腐蚀得面目皆非。那一双大乳房在反光镜里寂寞地眺望。

卜零忍不住泪水涔涔。

石小心翼翼地把卜零的提包送上车。他看到一向温柔可亲的老板娘在流泪。那眼泪像是在掩饰着什么,又像在逃避着什么。她穿着细羊毛黑衣的身子惊惶不定像一只随时准备飘逝的蝴蝶。石很想把这个哭泣的女人搂进怀里。但是石实际上连碰也没敢碰她。石只是战战兢兢地说姐姐听说那地方的香水质量不错,要是方便你给带一瓶来吧,车上要用。卜零点了点头并没有回头看他,她觉得自己哭过的脸一定很难看。

12

  火车走了四天四夜。卜零像一尊石像那样不吃不喝也不动,直到火车进入一个遥远的山寨。

  寨子里有一只长长的木鼓,那是族人的通天神器。那些古铜色或暗褐色的男人女人常常在夜晚围着木鼓和篝火跳舞。明亮的篝火像古绸缎一般缠绕着这一群舞着的男女。男人用半只葫芦舞动,而女人则用美丽的树叶来装饰自己,姑娘都有着精光灿烂的大眼睛和漆黑如墨的长发,还有被槟榔汁染黑的厚嘴唇。那些形状奇异的绿色、黄色或红色的树叶在那些古铜色或暗褐色的身体上闪烁,令人想起远古时代开辟鸿蒙的女娲。妙就妙在这来自远古的女人生长在现代的太阳下,在太阳的气味中妇人们背着背篓抽着水烟裸着被晒黑的乳房踽踽而行,与舞蹈着的姑娘们叠印成为独特的风景。

卜零忽然觉得他们便是自己遥远的族人。

卜零被当作贵客请进寨主的家。有一位头发灰白的老人端坐在那里,脸大而浮肿,像是被蒸过的黑荞麦窝头。卜零知道那便是头人了,他坐在火塘边默默地吸着水烟。袅袅的烟尘雾一般笼罩着周围男人女人的脸。有一种强烈的气味呛得她几乎透不过气来。她要找的那一对夫妇影视搭档也来了。从很远的地方赶来。在周围一片浓重的肤色中他们显得苍白如纸。他们很恭敬地把写好的剧本交给卜零,卜零看了一眼题目便收下了。题目是《南国红豆总相思》。做导演的夫人说,本子写的是一个汉族女人在边远寨子里的经历。

为了欢迎卜零和夫妻搭档的到来,寨子做了过节才吃的菜。这些菜从外形来看便使人惊心动魄,它们仿佛是某些动植物的化石或标本,半透明的,蛹似的伏卧在那里。卜零看到它们被许多长指甲的手指抓起来,送到自己面前的木碗里。

家酿酒似乎很厉害,两碗下去,剧作家的舌头便已经发黏了。剧作家当众搂住自己的妻子,像孩子撒娇那样呢喃着。剧作家穿着的宽而大的T恤衫,很明显地透出两片漆黑的乳晕,圆形膏药似的糊在女人似的胸脯上,双了几层的下巴和脖子连在一起,但是依然很脆弱,像被卸掉颈骨似的,他的脖子软塌塌地耷拉着。卜零一直担心地看着他的颈子。他笑眯眯的风度很好，说出话来声音细而软——绝不像是从这样伟岸的身躯里发出来的。夫人徐娘半老风韵犹存，一口吴侬软语，眼光总是闪闪地往空中飘，一脸浪漫少女的浓情和率真。让人看上去真真是琴瑟和鸣，令人羡慕。

在大家端起木碗歌唱的时候，卜零看见做导演的夫人抓起一缕被切割得很细的牛肠举起来，牛肠在光线下呈现出粉红色的阴影，导演向它心满意足地伸出舌头。

那舌头肥而厚，上面有暗色的舌苔。

卜零觉得喉咙里的东西一下子涌出来，和水烟喷射的粉尘一起在火塘边飘舞。

13

族人认为卜零剧烈的腹痛和呕吐一定是中了邪。

这痛点是不断变化的。犹如一条看不见的鞭子不断变化着落点。

奇痛之时，连杜冷丁也不管用。她像掉在油锅里那样徒劳地挣扎，她的脸上呈现出枯叶飘落又腐烂的颜色。

族人说：她是中邪了，她一定是中邪了。头人命令两个剽悍的青年牵来一头牛。那牛庞大而温驯，大睁着两只惊惶的眼睛，眼里似有泪水滚动。一个青年抓起一把雪亮的长刀。

长刀鸣叫出器官撕裂和分割赤金的声音。卜零看见牛眼忽然凸了出来,然后又凹进去。这一凸一凹之间,牛眼爆发出一种奇特的惊惧,有一把刀血淋淋地从牛翻卷着的伤口拔了出来,牛像一团水一般柔软地匍匐下去,血流如注。浓紫的血像完全成熟的紫葡萄一样,颜色浓艳得无法化解。

有人把新鲜的血滴进酒里递给卜零。卜零连想也没想便一饮而尽,这时如果有人告诉她毒药可以治愈腹痛她也会毫不犹豫地喝下去。

卜零觉得剧痛好像突然消失了。头脑一下子十分清醒。她清醒地发现夫妻搭档已经走了,那个叫作《南国红豆总相思》的剧本放在火塘旁边,因无人看顾而十分冷清。

这时已是边寨的夜晚。卜零看见双鱼星座在夜幕中飘浮起来,她看到这叠在一起的菱形便十分亲切,毕竟大家还是生活在同一片天空下。她惊奇地发现那星座已褪去陈旧的颜色,恢复了亮度。她当然也想起那个和她共属一个生辰星位的年轻男人。这星座或许是某种箴言的象征。

14

　　就在卜零疼痛的那个夜晚,韦再次走进那个有巫师算命的饭店。巫师今天的精神似乎不佳,她在水晶球后面的脸显得十分疲惫。她听韦说明了来意之后就让韦把右手放在小桌子上。韦犹豫着说应该是左手吧,不是男左女右吗?巫师听了之后就抬头看他一眼,巫师说你的命很硬,在你前头有个姐姐,在你后头有个弟弟,但是都没活下来,对吗?只这一句话便使韦高凸的腹部收敛起来。事实的确如此,但是韦尽量不动声色。巫师接着说你夫人的命虽然硬一些但也硬不过你，你夫人如果……如果爱上别人的话一定会像进地狱一样痛苦，你们虽然不太相合，但是不会离婚。

对不起，你刚才说什么，我夫人如果另有所爱的话会怎么样？

巫师并不抬起沉重的、鱼一样的眼皮：我是说，如果她爱上了别人，就会像进地狱一样痛苦。懂了吗？比如说，她会肚子疼……

肚子疼?!

巫师狡黠地笑了一下：当然啦，我这是打个比方。

韦心神不定地看着水晶球后面的那张破败的脸：那么，我的事业呢？我的前程会怎么样？

巫师显然已经很不耐烦，巫师没有回答韦的话，只是疲惫地指了指眼前的蜡烛，蜡烛正呈现出软化的滴落形态。

15

　　石把韦送到家的时候已近晚上十点。一路上韦沉默不语。石已经习惯了韦的沉默,但是今天韦的沉默里还有一种明显的愤慨。石知道这与算命有关。石几乎一字不落地听了老板夫妇的命运。石并不认为这巫师比那些街头行骗者高明多少。奇怪的是他一向认为高不可攀的两个聪明人竟也如此轻信。直到家门口韦才长叹一声说卜零这个人真是荒唐,她竟然相信这种老妖婆说的话。石急忙附和说这种老妖婆一定是在外国骗不下去,到中国骗钱来了。韦已经下了车,听了这话又停住脚步,韦说小石你真的这么认为吗?石的脸红了但是幸好有夜色掩盖着。

石说真的韦总,您千万别相信这种人的话,现在这种骗子太多了。韦点点头拍拍石的肩膀,韦说你说得对小石,看来你比我们家卜零还明白点儿。石的脸更红了,石说韦总您也不能这么说,不是我明白,是卜零大姐太善了。韦这时才微微露出点笑模样儿。韦走到台阶时忽然举目向天,天空晴朗星汉灿烂。韦轻轻咕噜了一句:也不知道她的眼睛怎么样了。石听到这话就知道他是想卜零了。

石也常常在想卜零,卜零是他以前没见过的那一类女人。卜零对于他充满了新鲜感,他觉得这女人聪明而天真,时而忧郁时而奔放,令人迷眩。并且常常引起他的冲动。但石是很实际的人,知道自己不该存有非分之想。对于他来说,卜零不过是飘在天上的云彩,虽然美,却够不着。石从来不想勉强自己去够那些够不着的东西,何况,这里还牵涉到他的饭碗。

石家距这里还有十来分钟的路程,但石没有回家,而是把暗绿色的萤火虫掉头向西北方向驶去。正西北方五十来公里临近郊区的地方有一座饭店,这饭店此刻正灯火通明。石把车停在饭店门口,然后步行走向临近花园的一扇小门,那是内部职工的专用门。石推门进去,却了无人迹。石正在惘然四顾,一个苗条的黑影从他身后的石榴树旁闪了出来。这自然是个女人,一个石正在寻找的女人。石从一类女人的身边逃开,走向另一类女人。

16

石的故事是这个年代最缺乏想象力的故事。石已婚,和妻子不睦,于是有了情人。情人是西北饭店贵宾厅的服务员。在妻子回娘家的时候,石把情人莲子接到家里来。第二天清早,在韦上班之前,再把莲子送回。所以石总是显得很忙。但是石乐此不疲。石打算在莲子满二十二周岁的时候再考虑换老婆的事。现在距此还有整整两年。石还有足够的时间全面考察她。石对莲子是认真的,这无可指责。唯一的不平等是莲子并不知道石是有妇之夫。

现在莲子已经坐在石家的沙发上,喝着石倒给她的红葡萄酒。莲子总是惊异着这房间的凌乱。石告诉莲子这是他姐姐的家,而姐姐长期在外。莲子喝着红葡萄酒的时候石把床简单收拾了一下,然后石坐在莲子的身边,像熟练工种把手伸向她的衣扣。石着迷于这个过程。他从来不愿意让女人自己动作。他喜欢把一个穿着华丽的女人一点点剥得精光。在做这事的时候他从来不看对方的眼睛。即使这样,他的脸上也常常泛起羞怯的潮红,他的神态很让女人们着迷和误解,以为他是完全没有经验的童男子,其实没有经验的正是她们自己。

莲子的上身已闪烁在灯光下,但她仍然没有放下那一杯酒。她怯怯地问他的姐姐什么时候回来。他含糊地咕噜了一句就抓住她的一只乳房,她的乳房小而娇嫩不能盈握,但是十分洁白,显然是一种典型的小家碧玉式。他忽然不合时宜地想起另一对乳房,那一对饱满得要滴出汁水似的,黄色石榴石一般美丽。

我们老板夫人给我算命,说有个女人会给我带来灾难,是你吗?石边说边紧紧拥抱住了莲子,莲子含情脉脉地看了他一眼:你说是就是,你说不是就不是。

这样的回答使石心旌摇荡,他喜欢她这种彻底的顺从。他迅速脱去衣服。她淡粉色的乳头正饥渴地向上翘起,仿佛等待着吸吮,他咬住了那一点粉红,这时他感到他身下的那个身子开始扭动。她的乳头在他嘴里勃动着,娇嫩得仿佛入口即化,那一点淡淡的温热直化入他的心里。他咕噜着说我托人给你买香水了,你就等着吧。她双眼迷蒙的同时还没忘了问是什么牌子,他简单回答了一句反正是名牌你会满意的,然后他们就被激动冲动淹没了。

17

过了拉木鼓节,卜零就要离开寨子了。头人很郑重地把魔巴和儿女叫到一起,对卜零说:孩子,我们是最重友情的,你在我们这里受了委屈,可我们看得出你也是个重感情的孩子。有件小礼物送给你,寨子里别的不敢说,玉石和茶叶是有的……喏,你看看这个,满不满意?族人从身上掏出一个戒指,翡翠戒面晶莹欲滴,碧绿无染。

卜零记起自己的吉祥宝石正是翡翠,眼泪几乎滴落下来。卜零说大叔我来这儿真给你们添麻烦了。这礼物我不能要,我只想知道什么地方有卖香水的，我想买一瓶高档香水。

头人听到香水二字就皱起了眉毛。头人说要买香水只能到邻近的那座城市去，那里是开放城市有着各国的名牌香水。可是需要过一座竹桥，那竹桥摇来晃去就连当地人也很少有人敢走。你过不去你肯定过不去。头人摇着头断然地说。这样吧，让我的孙子帮你跑一趟，好不好？卜零想了一下说不行。卜零说我必须自己去，这是我的一个朋友托买的我必须亲自去挑。头人听了眨眨眼说我明白了。头人接着让自己的孙子阿旺陪卜零过桥。无论卜零怎么推让，头人坚持着给卜零戴上了那枚翡翠戒指，头人说：孩子，魔巴的手摸过的玉石能保护你，过竹桥的时候一定要戴上它。卜零看见那灰白头发的忧伤光泽便知道自己已经别无选择。

小伙子阿旺提心吊胆地盯着走在前面的汉族女人卜零。卜零执意不肯走在后面。卜零说她看见前面人的双脚会非常害怕。但是卜零上了竹桥才感到前面茫然一片更令人害怕。那竹桥柔软得像一根弓弦一般，只要踏上去，便会深深陷落。

下面是一片烟波浩渺的大水，两岸高大的森林把浓重的阴影投射到水面上，卜零看到水便想起那个年轻的男人，那个垂钓者。他把鱼钩甩向湖面，愿者上钩。卜零想自己不过是一条冻僵的鱼，哪里有暖流便游向哪里，哪怕那暖流里藏着无数钓饵。

阿旺看见汉族女人卜零的双腿在不住地颤抖，她的惨白一直延伸到脚面。

18

卜零走过竹桥之后像是大病了一场。阿旺惊奇地发现这个女人好像一下子显得苍老和难看。在南国明亮的阳光下,她脸上的皱纹十分明显。她的衣裳贴着她汗湿的身体,那身体仍然在颤抖,无法抑制。阿旺于是试探着说我们先休息一下好不好?但是汉族女人卜零坚决地摇摇头。卜零说阿旺你还是带我去香水市场吧,你出来时间太长你爷爷会担心的。

但是这里的香水市场让卜零失望。的确各种牌子很多,但真货却不多。从装潢华丽的盒子里只要拿出香水瓶,闻到的便是廉价香水的味道。年轻的阿旺是鉴别香水的专家。阿旺看到卜零不厌其烦地打开一只只的香水瓶，紫外线充足的阳光直射在她身上，她就像一棵焦渴的植物一样正在慢慢委顿。卜零被强烈的阳光晃得睁不开眼，她看到的只是许许多多的香水瓶，晶莹而多芒，使她想起水晶球。

快要夕阳西下的时候阿旺说卜零老师我们走吧，我带你到别处去。有个地方也许有你要的香水。卜零问那地方远吗，阿旺没回答。阿旺挥手叫了一辆三轮车，阿旺请卜零坐上去，对车夫说了一句什么，然后车夫就蹬起来，阿旺飞快地跟着走，阿旺无论如何不肯上车。

19

　　这座城市的尽头是山。山上有古老的岩画。夕阳西下的时候，卜零看到山的断层变成了单纯的色块，被斜阳熏陶得光熠四射。卜零还是头一次体验到这种纯粹的颜色。有无数根古朴而美丽的线隐藏在岩石上。那些线深深地刻出远古时代的生活。鱼和鸟以及许多的生殖器官构成了这种生活。夸张的乳房和生殖器变成了符号成为母系社会的骄傲。卜零像一个遁世者一样站在山上，等着太阳和月亮交接的那一瞬，这时的天空总有无尽的空白需要填补。

阿旺把卜零带到山脚下的一座作坊里。很远卜零便闻到一股醉人的香气。作坊像神话般地矗立在山脚下。有无数雪白新鲜的花朵堆在这里。体积庞大，却轻似羽毛。有六个体态纤秀的少女把这些花朵捧进热油里搅拌，搅拌时不断地向里面加香料。豆蔻、桂皮、番红花、白檀香木、橙花香精、迷迭香酊……这许多的芳香变成香脂，再掺入优质酒精，然后放进纯银的蒸馏器中过滤。蒸馏器制成了孔雀开屏的形状，只要轻轻按一下按钮，便会有金橙色的浓缩液体从孔雀嘴里流出。有个黑衣女人坐在蒸馏器旁边。卜零惊奇地看着这一切，她几乎是眼睛不眨地盯着，生怕眼前的神话会忽然消失。

那个黑衣女人忽然开口了。只是在那女人开口说话的时候卜零才注意到她。

看她第一眼的时候卜零大吃一惊——卜零以为巫师本人正坐在那里！但是这种感觉很快消失了，这女人要比巫师美和年轻得多，可以说和巫师唯一的共同之处只是都穿黑衣服，还有，神态上有一点相像。

女人的话卜零并不懂。阿旺便和她搭腔。他们一问一答说了好长时间，阿旺回身告诉卜零说卜零老师你可以买香水了，这里的香水都是最好的，大姑说她从来不卖给外人，看在爷爷的分儿上她卖给你一瓶，但是请你不要到外面说。卜零听了连连点头，在阿旺的指导下她拿过一只中等大小的香水瓶，然后从这个银质蒸馏器里滤出了一瓶香水。香水在瓶中清澈透明，发出金橙色的亮光，神秘而美妙，令人遐想。

黑衣女人看了看卜零狂喜的表情，伸出一只被槟榔汁染黑了的手。

卜零不知所措地向她笑笑。阿旺低声说：她是在向你要钱哩！

卜零的脸红了。卜零从手袋里掏出二百元钱放在那只手上。那只手仍然平平地伸着，没有攥拢来的意思。卜零又往那只手上放了一百元，卜零的手有点发抖。

但那沾着槟榔汁的暗褐色的手仍然一动不动。

卜零发红的脸又变白。小伙子阿旺对那个女人哇啦哇啦地叫起来。但那女人斜着眼睛，根本无动于衷。

卜零很费力地从左手无名指上退下那个翡翠戒指。这是头人亲自给她戴在手上的。戒面大而光洁，翠绿欲滴，水色很好。卜零把戒指放在那只手上。阿旺惊奇地看见那只暗褐色的手慢慢握紧，终于不再张开。

我们还会再见面的。那女人忽然用汉话对卜零说。她的声音又低又哑，使人想起年迈的乌鸦。

就在这一瞬，卜零从黑衣女人脸上露出的阴险笑意中，忽然感到她就是巫师，或者说，她不过是巫师的幻影，是巫师无数面目中的一张脸。

20

回 C 城的火车晚点了整整四小时。

本来应当是晚上十点左右到站，可现在已是深夜两点。卜零曾打电报让韦派司机来接，韦也很痛快地答应了，可现在，夜深人静，连出租车也了无踪迹，谁也不会在这个肮脏的地方干等四个小时，所以，没什么可埋怨的。

卜零提着行李袋出站，一路踉跄着。行李袋里是一堆号码不明的衣服和一瓶香水。一路芳香使列车的乘务员们充满了愉悦之情。但是现在这香气正毫无意义地消失在夜气里。

C城的这个车站十分破旧和肮脏。从某种意义来说，这已经是个废弃的车站。只有为所有相遇的车让位的慢车才偶尔经过这里。卜零之所以订这趟车仅仅是因为它最便宜。韦自从进入大公司以后便不再把薪水如数交给老婆，只有在高兴的时候给老婆一点零花钱。而卜零在台里的处境更是尴尬。更糟的是卜零被人认定是大款的太太，这个头衔给她带来的还不仅仅是难堪。

卜零在一片黑暗中绝望地躲避着垃圾的臭气。那一座残破的铁桥隔绝了市声。这时她忽然发现，有个男人就站在铁桥那边，一动不动。就像被浇铸在那里似的。他长长的影子被风刮得飘忽不定。

卜零努力把骤然涌出的泪水吞咽下去。那个年轻的男人走过来，一声不吭地接过她的行李袋。在黑暗中他们互相看不清对方的脸，但卜零觉得他充满着与生俱来的亲情。卜零费了好大力气才克制住自己没有投入他的怀中。卜零只好想出一句话来掩饰自己：你要的香水我给你买回来了。

石点头说我知道了，老远我就闻见香味了，谢谢你姐姐。玩得好吗？这时他们上了车，暗绿色的车就停在铁桥那边。卜零上了车还没忘了说买这香水可不容易，是我冒着生命危险买的。石踩离合器的脚停顿了一下，石没听明白香水和"生命危险"有什么关系。卜零看见石发怔的样子决定不再说什么就笑了一下，她的笑让石觉得这句话纯粹是一个玩笑。于是石心安理得地把离合器踩下去，又踩了一脚油门。飞驰的车把一种优雅的芳香洒了一路。

21

少女莲子一进石家的门便闻见那股醉人的芳香。莲子冷落了那杯红葡萄酒,只是揭开香水瓶盖不断嗅着。在被石双臂环拥的时候仍然把香水瓶抓在手里。香气使他们格外亢奋。石把香水喷向她的耳廓,她的腋窝,她的肚脐……直到她的全身发出水百合花一样的芳香。石觉得这香水像润滑剂一样使莲子更加柔软和光滑。

石点了一支烟。石说这瓶香水要"悠着点儿使"。石说这是我们老板的夫人从老远的地方买来的。莲子微微带一点醋意地一笑,你好像老提你们老板的夫人,她是个什么样的人?漂亮吗?石深深吸一口烟。聪明。特聪明。我要是有她那份才我早发了!……她这个人可真不错。石说。

22

卜零回来后第一件事就是读那个题为《南国红豆总相思》的剧本。

那一对夫妻搭档现在影视界正是如日中天。剧作家前些年就获过几次奖，后来就传他与原配妻子离了婚，娶了现在这位做导演的夫人。他们的婚姻应当算作珠联璧合了。迄今为止他们婚后已合作了四部作品，两部获奖，另两部众说纷纭。所以老板格外重视他们的本子。

卜零仔细看了本子，却完全不知所云。唯一给她留下深刻印象的，是剧本平均每隔两页便有一处形容女主人公"雪白的颈子"。卜零注意到导演的颈子并不白，因此她想这雪白的颈子大概是别的什么部位的代名词，不过因为其他部位不太好提，所以以"颈"来代替而已。女主人公在短短六集戏里遭到了三次强奸，每次激起男人兽欲的都是"雪白的颈子"。卜零觉得这样的颈子实在罪大恶极，不如用锅灰抹了，就像过去良家妇女对付日本兵那样，或者，干脆斩断。

　　卜零对老板说出的意见是"庸俗"。但这个意见立即遭到老板的迎头痛击。老板说卜零你该好好想想了，你怎么永远和群众的想法格格不入？电视剧就是大众传媒，就是俗艺术，就是面向广大群众的，你工作了这么多年连这个基本出发点都不懂？也难怪你总是完不成任务了！一席话说得卜零无地自容。老板接着说有问题可以谈出来让他们改嘛。没听说电视剧本一次成的。于是卜零按照老板的意思发了封邀请信，邀请那位著名剧作家来京面洽修改剧本一事，那位剧作家很快回函表示乐意合作。

　　一个阴雨连绵的晚上，老板为了表示诚意亲自去接站。老板和卜零很虔诚地并排站着，准备列队欢迎剧作家。老板不断地说一些并不可笑的笑话，卜零便也很迎合地笑。后来老板再也说不出什么来了。卜零也觉得喉头哽住了，笑不出来。雨越下越大，雨伞和雨具已全不管用。这时老板发现一行人热热闹闹地从站台走出来，在雨夜的紫光灯下这群人面目模糊奇形怪状。卜零依稀认出剧作家肥胖疲软的脖子，卜零还没来得及确认，就看见老板已经一步跨了过去。风把老板的伞一下子掀翻了。老板已顾不得许多，远远便向剧作家伸出手来。老板精心吹过的头发湿漉漉地贴在头上显得很滑稽。对方怔了一会儿才跟老板寒暄起来。老板瘦小的身子在剧作家伟岸的身躯面前十分猥琐可怜。做导演的夫人也急忙伸过手来，暴雨中夫人仍然不忘优雅的姿态和得体的言辞。在这种场合下卜零总是不知道说什么才好。

于是四个人打了一辆"夏利"，在亲切热烈的交谈声中逃离车站。事情已经转悲为喜，卜零的心情也渐渐由阴转晴，谁知在路过某个站牌的时候，老板借助昏暗的路灯向外看了一下，忽然语调激动地招呼卜零下车，说这是离卜零家最近的一个车站。卜零还没反应过来便在大家众口一词的"再见"声中下了车，简直好像是被什么人撵下来似的。下车之后她发现站牌周围空无一人，末班车已过，冷雨凄风如同幽魂一般包围着她，她紧抱着双臂在风雨中发抖，那把尼龙伞被冷风揪着仿佛随时准备从她的臂腕里飞走，就像一只无家可归的纸鸢那样。当时她的一双脚结结实实地泡在雨水里，寒气从脚心钻上来，在毛孔中渗入奇痒。她在身上抓了两下，发现身上的斑点正在成片地涌起，那密密麻麻的红斑，让人看着就揪心。

卜零在风雨里苦苦地想，怎么也想不明白聪明的老板为什么要这样做。因为老板一向会做顺水人情，而他的票是可以报销的。卜零不明白老板为什么讨厌她到必须撵她下车的地步。

　　老板初来的时候其实是相当重视卜零的，起码是非常感兴趣。但是卜零完全不懂与领导相处之道。她并不知道领导说话不算数恰恰是一种领导艺术的成熟和灵活，也并不知道被领导利用的时候应当感觉到一种幸福而不是屈辱，否则你就真正是不知好歹了，也很容易让领导扫兴，最重要的，你得学会尊重领导，你得明白领导喜欢什么，讨厌什么。可这一切卜零都做不到，岂止是做不到，还常常背道而驰，这也就难怪老板对她失望了。世上有一种女人可以轻而易举地得到男人的同情和欣赏，这种女人可以穿着银色的剔花马甲，一边修剪着手指甲一边向男人投去一个意味深长的眼风，同时或嫣然一笑，或泪水晶莹——表情视需要而定，那么她的全部愿望都可实现。但世上也有另一种女人，缺乏一切女性的假面和道具，而她们的心灵又总是很丰富，总是很顽强地在塑造世上不可能存在的男性，她们从不为现实现世的利益所动，却甘愿为虚无缥缈的幻象去死。这种女人自然是真实男人们敌视和排斥的对象。卜零正属于后一种女人，在她清醒的时候她知道自己在劫难逃。

　　现在卜零正站在风雨中的一个公共汽车站旁，冰凉的雨水不断地从额发上滚落下来，脸上身上布满了成片的红斑。一辆车驶过，随随便便地往她身上溅了许多泥水，仿佛她已变成个"准站牌"似的。事实上她一动不动的样子确实没有什么生命的感觉。

这泥水及时提醒了卜零。她在附近找到一家公用电话，带着一种蛮横态度敲开大门，在主人惊奇的目光下拨了号码。十五分钟之后，卜零看到那辆暗绿色的"萤火虫"从茫茫雨雾里静静地驶来了。

23

接到卜零电话的时候石正在和朋友们搓麻将,看看表已是深夜,外面又是风雨交加。正是因为这样的天气石才没把莲子接来。但是石几乎是毫不犹豫地站了起来。石说我得出一趟车我有点事,还没等大家反应过来石就抓起挂在门后的雨衣冲了出去。他不知道老板夫人发生了什么事。

现在这暗绿色的豪华车正浸泡在雨地里,雨点打在车身上像枪弹一样沉重,尽管有雨刷不停运动,车前方仍是白茫茫一片。石像平常那样为老板夫人打开车门,但是他马上大大吃了一惊。一向尊贵可爱的夫人浑身透湿，脸上一片片隆起的红斑使她面容大变，她双眸噙着泪水，声音发抖：我知道你会来的……我知道……石一边拉开手闸一边说你怎么了姐姐？卜零流泪不语。我们现在去哪儿？石的话还没说完，一声抽泣好像从冥间绽出，然后是压抑的撕裂心肺的哭声。是啊，去哪儿，哪儿是我能去的地方呢？呜咽着说出这几句话卜零更感觉到心底深处的疼痛。石完全不知所措了。卜零伏着身子，丰满的双肩和细腰在剧烈地抽动着，泪水像蛛丝一样沾在他的身上，他觉得浑身燥热起来，但他仍然一动不敢动。

　　回家吧，韦总肯定要着急了。石嗫嚅着说。但是这句话立即引起卜零更汹涌的泪水。不，他早就睡了，他肯定早就睡着了，你别高抬我了，我在他心里算不上什么。石叹了口气说那怎么办呢姐姐，你别哭了再哭我也要哭了。卜零抬起哭肿的眼睛看看他，石的眼圈果然是红的，石的一双大男孩似的眼睛十分疲倦。卜零扑在他拉手闸的那只胳膊上哭得喘不上气来。卜零觉得她的整个世界只剩了这个年轻男人。她想向他诉说，诉说她每天难以忍受的孤独与寂寞，那些屈辱、难堪和不公正像一只巨大的网罩着她，而外面是冰河，碎裂的冰块时刻都在吸收着她身体的热力，把她的生命一点点地抽走。她看到这个，却无法改变，她需要在冻僵之前寻找一个证人，在上帝面前为她做证。

　　石的克制已经达到了极限。假如再有两分钟的时间，他一定会紧紧地把这个痛哭的女人搂进怀里。可是卜零抬起身来了,卜零慢慢停止了哭泣。于是石的全身也跟着松弛下来。车窗外的雨渐渐小了。石拉开手闸踩了离合器。街灯昏暗的光使一切显得迷离。石放了一支曲子。乐声里他看到卜零凝然不动的侧影。有一颗晶莹的泪珠就挂在她的颊上。石明白地看到自己的处境。石每天都在为生计奔波,他不能不顾忌他的老板,他的老板也就是他的衣食,是他未来计划的最终决策者。他的莲子每天都在问:我们什么时候结婚?

那天夜里石最大胆的行为也不过是抚摸了一下卜零的头发。卜零的头发很黑,又粗又硬,不像莲子那样,黄而稀软,渗透了莫名其妙的柔情。

24

尽管确立了一流的写作班子，《南国红豆总相思》的拍摄计划还是落空了。这是因为上级领导发了话，说是该剧本有着严重的问题。首先涉及对少数民族的政策问题，实际上仅仅这一个问题剧本就足够被枪毙了，何况还有另一个问题：格调不高。知道后一个问题之后大家争相传看剧本，所有看过的人都跳起来说：这么脏的本子居然要投拍？这是谁组的稿？！于是遮天蔽日的眼光统统压向卜零。老板上当了，上卜零的当了。大家都替老板鸣不平，而老板也似乎相信了这种说法。卜零清晰地记着关于"庸俗"的意见及老板的态度，于是卜零在和老板擦肩而过的时候紧盯着他的眼睛。但是老板的眼睛像一片荒原一样一马平川，毫无内容。

卜零逃避这种很有声势的围剿的唯一办法是回归家庭。卜零努力使自己做个好妻子。每天离丈夫下班还有一个来小时的时候，她就开始拉开架势，剥丈夫最爱吃的豌豆，在这豌豆上市的季节卜零剥豌豆把手指甲都染成了绿色，而不管豌豆剥出来的数量是多少，最后肯定要被风卷残云地吃完，连最后的几片青豆衣也要被韦冲了做汤喝。

韦因为常常吃香槟大菜而格外眷恋家里的素食。卜零炒菜放油很少，又不爱放酱油，因此炒的青菜便都透出鲜绿。韦觉得吃卜零炒的菜是一种享受，但是这种享受久而久之便成为一种刚性过程——完全不可逆转。偶然卜零没有按时做好饭，韦就像天要塌下来似的。

卜零觉得韦洞察一切，任何细枝末节也休想逃出他的眼睛。譬如，韦命令点煤气灶的火柴不能丢掉，要码放整齐，在需要同时点两个灶眼的时候，就可以节省一根火柴。千万别以为韦是吝啬之人，在很多方面韦是挥霍无度的。譬如每周日韦都要去转一趟附近的鞋市，买回一大堆各种号码的鞋子。卜零说别买了，糟蹋钱，韦说这点东西要几个钱，就源源不断地买回来。韦买其他东西也很大手，每次买排骨要买十斤以上，同时再买鱼买鸡，一大堆冷冻食品往冰柜里一放，想尽办法也吃不动，最后大半都扔了。卜零笑着说你每次少买点好不好,别像农民进城似的那么贪。听到这话韦便大发雷霆,韦大吼大叫地说我好不容易休息一天,给你买了你还挑三拣四,鸡蛋里挑骨头,没碴儿找碴儿!以后我不管了,你买!韦吼起来中气十足,排山倒海,卜零顿觉自己无容身之处。韦最忌讳的就是别人说他像农民,因为他的确生长在农村。

但是韦也有许多优点,最重要的一条就是生活有规律。他的生活规律从来雷打不动。在手持游戏机刚刚风行的时候卜零买了一个回来玩,卜零玩起游戏机来也像写剧本那么投入以致忘了时间。韦提醒卜零说该烧水了,卜零答应着仍然一路玩下去。终于韦忍无可忍地大叫一声:这日子没法过了!呼啸着便上来抢游戏机。那个长方形的黑色游戏机最终被摔成了碎片。卜零看着那一堆碎片,连眼泪也不会流了,只觉得眼前是一堆沉船的碎片,自己已落入黑夜的大海里,连最后的碎片也被人夺走了。她只能眼睁睁地被海潮淹没……

卜零觉得这个空屋里有一种青苔的气氛。在她无事可做的时候,她会忽然想起关于"刺青是世界上最美丽的杀菌药"之类的废话。想起这个她就联想到那个在春天里出现的男人。她祈祷那将是爱情灰烬中的最后一次回响。那一片晶莹而多芒的香水瓶和巫师的水晶球一样,都是她的吉祥物,是她的箴言。她小心翼翼地走向那个男人。但是他比她还要胆怯。在那个暴风雨的夜晚,她闻到了他身上的气味,听到了他狂烈的心跳,但他像一个生病的香木俑人那样一动不动。而在那之前，他脸上曾挂着灿烂的笑，在一片茫茫湖水旁伸出一只手，他说姐姐你给我看看手相吧。

卜零想这原因无非有两个，一是他怕丢掉饭碗，一是他并不爱她。无论是哪一种原因，都应当就此止步了。卜零决定克制自己的欲望。唯一的办法便是远离这个男人。有时身份的悬殊会带来意想不到的羞辱。

卜零一度想有个孩子，但是韦没有生育能力。韦知道自己没有生育能力之后就对房事不再有兴趣。韦说将来咱们可以要个孩子。卜零说要不要都没关系，结婚并不是为了生孩子的。韦沉着脸问那结婚是为了什么？卜零张口结舌答不出来。韦轻蔑地看了她一眼就沉溺到公司的事务中去了。韦的不同寻常就在于他能一天一天地保持沉默。沉默是金。沉默使韦变得像苏格拉底一样深不可测。但是卜零知道这沉默的背后其实是空虚。他的沉默迫使我们制造商标——卜零脑子里忽然又冒出一句奇怪的废话。卜零知道假如韦正点回家，他就能在饭后坐在电视机前，从《新闻联播》开始直看到全天节目结束。无论卜零转换话题也罢，搔首弄姿也罢，都一律地毫无效果。卜零觉得自己在韦的眼中完全化作了一团空气。韦在高兴的时候自诩"坐怀不乱"，常常以此为自豪。卜零说既然如此还要结什么婚啊？韦说这样还不好吗，你放心啊。我起码不会在外面泡妞儿。卜零说还是泡妞好些，起码证明你对女人还是有兴趣，我很怕对女人没兴趣的男人，这样的男人一般缺点人味儿。卜零说完这话就走了。韦想了又想，觉得除了卜零有病这个原因之外别无解释。韦觉得卜零的病日益严重了，包括看星星的时候看出旧照片的颜色，都绝非什么正常现象。

有大晚上韦在外面吃了狗肉煲喝了三鞭酒，微微地有一点兴奋，好像第一次见到卜零似的发现她。韦像皇帝临幸一个久居冷宫的妃子一样走进卜零的工作间。卜零的工作间有八平方米，满满地放着一张单人床、一张放文字处理机的桌子和一个书柜。当时卜零正躺在床上看书。

韦做了很多预备动作之后才宽衣解带，那姿势颇有帝王之相。但是韦刚刚就绪却又站了起来，在挂历上用笔认真地画了个记号，卜零看到他这动作就觉得全部的情绪都荡然无存了——韦每次临幸都要在挂历上画上记号，韦说要记住时间以免卜零赖账。

韦这才把身体压向卜零，卜零看到韦紫涨的脸就去关灯，就在卜零的胳膊刚刚碰到开关的时候，电话铃忽然爆炸般地响起来，把他们两人都吓了一跳。韦愤愤地拿起电话"喂"了一声，然后声音立即温柔起来：啊，是刘总！刘总您好！您有什么指示？那边不知说了什么，韦一把掀开被子很利索地爬了起来，比躺下时的态度要果断多了。韦对着话筒连连说：我这就去，我没事儿。老婆？老婆更没事儿！她在那儿写剧本呢！哈哈哈……

卜零披上睡衣走到阳台上。卜零知道这位刘总是集团公司的老总，是韦的顶头上司。接下来该是韦打上领带拿起皮包关门出去的声音。卜零对这一切太熟悉了。卜零被调动起来的情欲在夜露中也无法安静，她现在可以接受任何一个陌生的男人，她的手指感到她夜露中的身体像雪天里的泉水一样光滑，她寒气中的乳房像成熟的果实胀得发痛，她的发脂像核桃油一样甜香，她的汗气发出海风一般清新的味道，她的阴毛像萱草的阴影那样摇动，她的生殖器像水母那样散发出浓郁的海腥气……她全身都在等着一个男人。巫师阴笑着说：你真的不知道吗？你这一辈子都在想男人。那巫师有一张被水晶球分割成几何图形的破败的脸。

　　卜零看到那两个叠在一起的菱形星座，它们的光泽再度失去，恍惚间她觉得自己离它们很近，她伸了手，暗色绸缎的睡衣滑落下去，她全身赤裸站在夜空里。云气飘动，她觉得自己也跟着飘动起来。

25

有一天韦提前下了班。韦心情很好,这种心情对韦来讲十分罕见。韦轻轻推开门。韦忽然发现当他不在的时候这个家竟像一座荒芜的坟场一样幽寂,没有任何生命的迹象,连窗台上的那一盆吊兰也萎黄了。卧室的门虚掩着,从门缝里他看到一双雪白的脚搭在雕花铜床的架子上。每个脚趾都那么精致,浅粉色的脚指甲微微战栗着,仿佛涂了蔻丹似的发亮。韦把一只眼睛贴近门缝看过去。他看到卜零全身赤裸躺在床上,头向斜后方耷拉着,一头长发垂向地面。垂直的发丝像榕树的长髯一样呈现出干枯的棕红色。她的下巴微微翘起，暗色的颈子无力地延伸下来，乳房在胸部柔软地摊开，一条浅色的条纹从肚脐一直伸展到小腹，那一些好似萱草样的阴影凝然不动，在那片阴影里好似潜伏着什么动作着，随着有节律的动作，她的下巴更加绝望地翘起。如果不是偶尔还发出一两声呻吟，韦觉得她看上去像是死去了似的。卜零的皮肤不知什么时候已经失去了原来的明亮和鲜润。韦忽然想起玻璃匣子里陈列的西域女人的干尸。那是风干了几千年的女人。韦感到一股凉气慢慢敲击着后背，他轻轻退了出去。

韦觉得卜零需要帮助。休大礼拜的时候，韦订了个KTV包间，想带卜零去散散心。当然由石开车前往。很巧，在饭店的大堂里韦遇见了老朋友达。达现在是一家著名大公司的总经理。韦立即邀达办完事后一起吃晚饭，达欣然允诺。酒过三巡，达起身去卫生间的时候韦低声告诉卜零，达对于韦生意场很有用。卜零漠然看看他说那又怎么样。韦看见卜零那冷漠的脸就想起已经好长时间没见她笑过了。韦说这你还不明白吗小傻瓜，看得出他对你有兴趣，你要跟他多聊聊对他多笑笑，一会儿和他一起唱唱卡拉OK。卜零看看那张龙虾一般红涨的脸就把头扭开了。卜零觉得韦只要自己做生意需要便可以随时把老婆典出去。

那一天卜零喝了许多酒。卜零那天穿的是法国摩根丝的曳地长裙。浅驼色的摩根丝在灯光下变成了肉色。卜零感觉到石和达缠绕在自己身上的目光。卜零想酒真是个好东西，人可以躲在它后面,进可攻,退可守。卜零抓起话筒说:这首歌献给达先生。达听完这话就笑了,十分满足。卜零在说这话的时候有一种名妓般的感觉。卜零设想自己是莫罗笔下那位金碧辉煌的莎乐美。每当她把自己想象成什么角色总比真实的感觉要好些。莫罗的莎乐美穿着阿拉伯后宫式的衣裳。那大概是最早的三点式。那些衣裳总是缠绕着富丽堂皇的金银丝,有硕大的金绿色宝石镶嵌其间。卜零忽然想或许那地中海周遭一族曾经分布在世界的许多地方。譬如波斯、埃及、印尼的巴厘岛,乃至中国的边塞。这是个十分奇妙的联想。这一族人的原生态是那么相似,好像这是被遗弃在世界文明之外的充满美丽原始生命的一族。卜零觉得自己正属于这一族,她想自己成为弃儿的结果很可能是伴随恐惧流浪终身。

接下来卜零和韦合唱了一首歌。韦唱歌的时候总是与原调南辕北辙。韦很认真地解释这是因为自己的一侧耳骨有问题。尽管如此韦的嗓门特别洪亮,底气十足。所以卜零在唱歌的时候总感到脸的一侧在发烧,烧得滚烫。卜零甚至不敢转一转眼珠。饱经世故的达老板当然一如既往地笑着,可卜零猜不出石这时会是什么表情。幸好韦唱歌的兴趣并不大。在铁板烧烤端上来的时候,韦的话锋已转入正题。通红透亮的肉片在铁板上泛着油珠吱吱作响。韦端起一杯酒对达说,你是老大哥生意做得很成功,希望今后在各方面多多关照。达端起杯子一饮而尽。韦又举起第二杯酒,韦说我们两个公司今后肯定有联手的机会,公司最近大概会有人事变动你明白吧,别的我也就不多说了,来,为我们今后的合作干杯!两个高脚杯碰在一起酒杯里的液体泛出许多泡沫。韦端起第二杯酒的时候卜零就看了他一眼。这时石以潜移默化的方式拿起另一个话筒。屏幕上显现出一个穿三点式泳装的女人,那女人在沙滩上不断挺胸收腹做波浪状。卜零很奇怪几乎所有的影碟都离不开一个三点式的女人,而每一张女人的脸都相似得让人吃惊。那些女人皮肤苍白像被水浸泡很久的白色羊皮纸,她们显得那么贫弱没有一根线条有生命的色彩,或许这就是被男人们企盼的那种贫弱吧,因为这一族的男人也同样贫弱疲软,他们害怕炫目的生命色彩,他们害怕那种强烈的色彩会把他们淹没。

卜零和石的歌声合作得天衣无缝。此前卜零并不知道石有这么好的唱歌天赋。石的歌喉像亚热带的熏风吹过槟榔树一般发出沙沙的声音。石唱得很投入,在"让我将生命中最闪亮的那一段与你分享,让我用生命中最嘹亮的歌声来陪伴你""希望你能爱我到地老到天荒,希望你能陪我到海角到天涯"这类滚烫的句子出现的时候,卜零看到石的脸微微有点红,眼睛立即也有了一种潮红。那潮红湿润得仿佛可以渗出水来。卜零从来没有在任何男人脸上看到过这种生动美丽的表情。

卜零忽然感到那一股热流再次不合时宜地涌动出来。她死死盯着那只拿着话筒的健壮的胳膊,她想扑上去,掐它,把它掐紫,她想让这强壮的双臂紧拥,然后坠入久久想象中的境地而被虐待,让自己的身体能像水一样在他粗大的双手里流动变形,她不再惧怕羞辱,这年轻强壮的男人才是帝王。她渴盼着一种他施加给她的剧痛。她要在那剧痛中敞开自己,让那个禁闭在牢笼中的囚徒发出高亢凄厉的歌唱。

26

那一天玩得很晚了,大概有凌晨两点那么晚了。把达送回家之后,石照例地送老板夫妇。老板夫妇照例地一言不发。石早已习惯了这种沉默。因为达家很远要经过一段高速公路。回来的时候仍要途经高速路然后斜插进入市内。上高速路的时候石紧闭车窗挂上五挡,那速度风驰电掣一般。这时韦半闭着眼睛在养神,韦从半睁半闭的眼睛里看到卜零起伏颤动的乳峰,韦的心里忽然一阵恐慌,有了预感似的感到了什么。这时卜零忽然开口了。卜零说你今天对达经理说的公司有变动是什么意思,韦睁眼看了看她说,这是公司的事你别管那么多好不好。韦其实并不知道卜零对这些根本毫无兴趣,卜零只是因为像平常那样惧怕沉默而寻找一个她自以为韦会感兴趣的话题而已。卜零于是不再说话,韦却又忍不住似的说公司的变动近一个月就会见分晓,刘总这回死定了,说完这话之后韦大声说小石你可别出去瞎讲。石嗫嚅着说我怎么会呢韦总您放心吧。韦于是一发不可收地说上周和日本财团谈判,虽然合同明确了是由日方提供备用零件技术培训等项目,但是并没注明是有偿提供还是无偿提供,这个漏洞有可能让中方受损百万元以上,韦说作为中方谈判的首席代表刘总他不可能会忽视这一点,韦像个智者一样半眯着眼睛说那么就剩下了一种解释——他和日方做了幕后交易!韦笑笑说刘老总的胃口真是越来越大了!卜零大睁着眼睛想了半天,卜零说你既然发现了为什么不及时指出来?韦像看外星人似的看了卜零一会儿,韦说你不认为这是个千载难逢的好机会吗?卜零噎了一下,卜零的目光深刻如雕刻的冰凌,这时车里的灯光幽暗,石正在放一支忧伤的歌曲。卜零淡淡地说,你找到了机会,可你们公司失掉了机会。韦半天说不出话来,韦哈哈笑了,笑过之后韦像很有经验的电影明星那样低声说:我的天,我老婆什么时候变成活雷锋了?韦很不愿意在石面前失分寸,于是韦接着说:当然,身边睡个雷锋比身边睡个赫鲁晓夫强吧。哈哈……还没等韦笑完,卜零就做了一个惊险动作,卜零叫石停车,因为叫得突然车速又太高,石还没有停稳卜零就拉开车门跳了下去。卜零在高速路上像一只松鼠那样一下子蹿出去十几米远。韦急忙闭眼，他害怕血肉模糊的尸身，但是他刚刚闭眼就听到一声惨叫，他还没来得及断定那是谁的声音，他就在原地转了一圈，然后车戛然停止。

等到骑着摩托的巡逻警察走过来的时候，韦才发现司机石伏在方向盘上。韦这才依稀记起刚才那声惨叫像是石的声音。韦下了车向巡逻警察指着卜零摔出去的方向说不出话来，韦的下巴一直在发抖，他眼前反复出现一具被碾轧成碎片的女尸，警察的问话韦一句也没有听见。警察顺着他手指的方向看去，在高速公路的那一边，有一个女人正慢慢站起，那女人的黑色剪影很好看。女人的长发在空中飘舞。那是卜零。

后来韦知道，卜零除了胳膊上蹭破一点皮之外奇迹般地毫发无伤。

27

石被连夜送往医院。韦断然拒绝卜零想去看石的要求。直到第二天韦上班之后,卜零立即拨了石的呼机。二十分钟之后有人回电话说,石现已转到市立第三医院骨科病房,是因急刹车和快速打轮碰撞而造成的右臂肘关节错位。卜零一改平时懒洋洋的作风,像慢镜头拍摄的《摩登时代》里卓别林的飞快动作,用高压锅做了个清蒸鱼,然后放进保温桶里,这鱼还是石前两天钓到的。一路颠簸裙子上洒了许多鱼汤。卜零就带着那许多鱼汤的污迹推开了骨科病房的大门。

卜零第一眼看到石的时候觉得他变丑了。大约是伤痛和惊吓的缘故。裸着上身的石在病床上坐着，医生正在给他检查。石的右侧肩臂被马马虎虎地包扎起来，他的脸色苍黄如纸，他受惊的眼睛求救似的望着医生，而医生十分淡漠，像摆弄一个人体模型似的摆弄着他。石的身体随着医生手指的触碰痉挛着。这时卜零轻轻叫了他一声。

卜零并没有看到她所渴望的那种目光。石只是很费劲地微笑了一下，尽量平静地说了一句"你好"。然后对医生和周围的人说这是我姐姐。但医生和周围的人都像是没听见似的。卜零看到石黧黑健壮的身体无助地暴露在众人面前。医生像看原始溶洞中的骨殖那样随随便便地看了看石的Ｘ光片一眼，然后对卜零说，他这种错位只有两种办法：一是做手术，用钉子来固定；二是不做手术，用绷带来固定。石还没听完就说我不做手术。这样便只好用绷带来固定了。医生叫来两个穿手术服的壮小伙子，两人一边一个把石抓牢，医生便拿了器械和绷带开始操作，也许说上刑更准确一点，因为石虽然不曾喊出声，但从他身体的挣扎和淋漓汗水来看，他的忍耐已经达到了极限。周围的人都盯着他那黧黑的不断扭动的身体，那身体现在已经汗湿发亮。卜零从众人眼光中看到怜悯背后的一种快感。仿佛发生在那个肉体身上的剧痛带有某种戏剧性或表演色彩，那是一种埋藏很深、很难表述的东西，使人想起古罗马斗兽场的腥风血雨。

那一天石和卜零很晚才回家。捆扎之后石吃了半条清蒸鱼，是卜零一口一口喂的。卜零喂了一半像忽然想起什么似的，卜零问你太太怎么没来？石勉强笑笑说我和她有大半年都不说话了，合不来。卜零说难怪你从来不提你太太。石好像不愿意继续这个话题，石说我们可以走了大夫说我可以不住院。卜零拿了些药两人一前一后走出医院大门。外面天已全黑，在黑暗中石忽然停步，石说姐姐我眼里进了沙子你帮我擦擦吧。卜零这才看到石的眼睛亮晶晶的似有泪水游动。卜零掏出手绢擦了一下，又擦了一下，石的泪变成了一条汩汩不息的河流。顷刻之间卜零觉得自己也化成了一团水，水一样柔软和顽强地汇入那条河流。

28

石每天都给卜零打电话。一听到那沙沙的声音叫一声姐姐,卜零的心里就温柔地缩紧。后来卜零说你别叫姐姐了,石问那叫什么,卜零说随便,就是别叫姐姐,当你的姐姐我觉得累。石温存地低笑了一声,石说那就让我好好伺候你。等我好了以后开车带你跑遍全城,你愿意上哪儿玩都行。卜零说你就不怕你的韦总说你把我拐跑了?对方沉默了一分钟之后说如果你不怕我就不怕。卜零怔了一会儿心狂跳起来。这句话从石的嘴里说出来很像是一个宣言。她忽然觉得他们之间有了一种默契,一种同谋式的默契。这种默契令她神往同时胆战心惊。

如果不是石想看录像带,卜零大概不会再次堕入老板的陷阱。石在电话里说姐姐要是方便的话帮我借几盘警匪片吧,也许看着别人流血我身上会好受一点。卜零扑哧笑出来,卜零当天便回到阔别已久的单位不顾旁人惊奇的目光长驱直入老板的办公室。石现在在卜零心里至高无上,是受宠的王储,卜零在有这些感觉的时候心里总是很充实。因为单位规定只有老板这一级以上的干部才享有借带子的权利,所以卜零打算放弃自己的骄傲暂时与老板和解。卜零惊奇地发现自己竟也如此实用主义,只不过促使实用的动力与旁人有点不同罢了。

老板很痛快地答应借带子,并且可以破例地借上五盘。但是老板话锋一转说,卜零我也需要你的帮助。这一段我压力很大,你回家休假了,上面追究《南国红豆总相思》,我只好一人承担,这倒没什么。问题是现在是一年一度的献血,适龄人要么体检不合格要么出去拍戏了,完不成任务扣奖金不说还会出一系列问题,你看是不是能从大局出发报一下名!卜零觉得自己一下子被赶到了一个死角根本没有回旋余地。卜零只好做出视死如归的样子说,好吧,什么时候体检?老板笑了,老板说如果你同意的话今天就检,如果合格的话今天就献,因为这是最后的期限了,你看好吗?

卜零从来没见老板笑得这么粲然。从这粲然的笑容里卜零再度感受到老板的人格魅力。卜零疑惑过去对老板的看法或许仅仅是主观偏见。老板心里是有数的。只不过围绕着老板的那些人有点差劲罢了。

　　卜零由老板亲自陪着就那么走进献血室。冷冰冰的针管触到她的胳膊时她忽然感到她不过是被笑眯眯地押送进屠宰场的一只小牲口，顿时她觉得那针管寒彻骨髓。她想抽回自己的胳膊，可是已经被一只铁钳样的手牢牢攥住，这时她闻见一股麝香一般浓烈的死亡气息，她看见紫葡萄一般的血的时候就想起那只濒死的一凸一凹的牛眼，那血是如此相像，在许多目光的焦点中浓艳得无法化解。

29

几乎是在卜零走进献血室的同时,石的家门被敲开了。石以为是老婆忘带了什么东西。石受伤之后妻子仍然坚持上班。因为上班的地点很近可以随时回来。午睡是肯定要在家里睡的。这时大概是下午两点多钟,妻子午睡后刚刚又去上班。妻子对他的伤势采取一种淡然的态度。

但是走进来的并不是妻子。这是个苗条秀弱的年轻女人,白色鸟羽一般轻盈地飘了进来,看上去是刻意修饰了一番,一枚鲜红的木制发卡束着一头柔软发黄的头发,同样鲜红的高领无袖长裙勾勒出来她纤柔的线条,越发衬出两只银白的裸臂和臂上戴着的银丝玛瑙手镯。她是莲子。

　　石觉得心脏好像一下子不会跳了。石的惊慌立即感染了莲子,莲子说你怎么了,石做梦也没想到没有那辆暗绿色的萤火虫莲子也能从五十多里之外的郊区找到这里。石说我不是说过让你别来吗?我姐姐马上要回家了,今天就要回来,你还是快走吧。莲子垂泪说人家不是不放心想来看看你吗。只一句话石便软下来,莲子这种女人的无知无能和似水柔情都同样能打动男人的心。石说那你先喝点水吧你自己倒,但是莲子仍然无助地站在那里,两只裸臂像受伤的鸟翅一般垂落着,头微微地向后仰,每当这种时候石便要伸臂环拥住她,但石现在清醒地知道今天无比危险,妻子随时都有回家的可能,石狠狠心说我姐姐一会儿就来,喝完水你就走。但是莲子眼泪汪汪地说你真的不想把我们的关系告诉你姐姐吗?石坚决地摇摇头。莲子走过来轻抚着石胳膊上的青紫说出一句话,石听了这句话后几乎晕厥过去。莲子说我怀孕了。

　　就在石处于混乱状态的时候莲子静静地卸去了自己的衣服,然后从容地在自己身上洒满香水。莲子说看来我得有好长时间来不了,莲子的身体在白昼的光线中通明透亮。石说不你得去做人工流产,你得先答应我去做人工流产,莲子咬紧牙关一声不吭,莲子的泪水在枕边汇聚成一个冰凉的湖泊,石于是把一切危险都忘了,石不顾一切地疯狂地动作起来。那个柔软驯顺的身体因他的激情呻吟着,直到他精疲力竭地撑起身子他才觉得他太粗暴了。他问莲子他把她弄疼了没有，莲子白得透明的脸上似乎十分迷乱，莲子说没什么我里外整个儿都是你的，你想怎么样就怎么样，今天我还能怎么样呢。石听了这话就觉得心里的热流直烫到眼窝里，他像抱孩子一样把莲子搂进怀里，莲子乖乖地偎依着他，像一只受伤的小鸟。石越发觉得自己罪恶深重。

就在这时门响了。

石惊慌失措地抓起衣裳，无论如何也穿不上，倒是莲子从容不迫地整好床穿好衣裳去开门，石甚至忘了阻止她，石就那么拿着衣裳架着胳膊在床上发呆。他听到门开了，有一个熟悉的女人声音在问，小石在吗？

30

卜零觉得敲开这扇门非常难。像敲开一扇天堂或地狱之门一样难。她等了那么那么久。她身体的一部分好像还在继续淌着血，只是血的颜色已经不那么浓艳了，它们变成了一些浅色的汁液，生命就是由这样一些汁液构成的，如今它们走了，于是仅仅剩了一些躯壳，像浸在池中的苎麻一样摇摇欲坠。

那个年轻女人像一个秀弱的影子一样飘了出来，带出一股熟悉的优雅香气。卜零觉得视觉上再度出了毛病，她很难看清这个女人。在盛夏下午的阳光下,她觉得这个女人缺乏立体感,或者干脆说,她像是一幅女人的卷轴,就那么平平地贴在了门边,被阳光挤出一条瘦瘦长长的影子。

卜零其实并没有特别注意石的惊慌,她过度集中于对那个年轻女人的思考,更确切地说,她在进行关于某种香气的回忆。所以当石向她和盘托出的时候,她甚至在很长的时间里在想,那女人的苍白使人想起浮冰,一种可以被溶成月光那么雪白的浮冰。卜零的脑子里忽然又冒出一句废话:她是被紫鲨鱼吻过的多边形浮冰。卜零之所以有这样美丽的想象,是因为当年轻女人转过身去的时候,卜零看到她后背的拉锁开了,有一抹雪白从华丽的红色中闪出。

年轻女人在临走时用极度疑惑的目光盯着卜零,卜零同样不明白那目光的意义。在那种香气消失之后卜零才闻到一股精液的气味。她看到那个凌乱的床,那是一场大风席卷而去的苍凉墓地。于是卜零用一种墓地般的声音问石,卜零说我记得我曾经给你带过一瓶香水,你说你车上要用的,怎么一直没见你用?石的头深深地垂下去,卜零猜他现在的表情一定生动美丽像个初涉世事的童男子。石说姐姐真对不起我对你没说实话,那香水给她用了,她挺喜欢。卜零点点头。卜零说她可能不知道这香水的来历,要是知道了可能更喜欢。卜零淡淡地说这香水是用很多鲜花制成的,那些鲜花都是一色的雪白,加了很多香料和优质的酒精,那个山脚下的小作坊里,有六个鲜花一样的妙龄少女,女老板是个黑衣女人。

那女人是个巫师，就是那个给我算过命的巫师，她说过我在春天会遇见一个男人。卜零说到这里就停住了，她看见石的眼睛异乎寻常地惊慌，石向她走来，石说姐姐你怎么了，你到底是怎么了？！她看到石的手伸向她的额头，她就忽然闻见精液的气味，她飞快地挡开他的手，她大叫了一声别碰我！她用了那么大的声音，四壁仿佛反复响起回声。

不知过了多久石才轻轻地说，姐姐这事儿我早就想告诉你就是没有机会。你那次给我看手相说我有三个女人，当时我就想说我只有两个，一个是我老婆一个是她，我和她已经有两年多时间了，有件事我想请你帮忙，我想只有你才能救我们……她怀孕了，你能不能帮她联系个医院……

做人流吗？卜零的嘴角上挂着一丝冷笑。

石点头。

为什么不要下来？这可是你自己的骨血。

那怎么行？我老婆那边怎么办？姐姐我对她是真心，是真心要娶她，可现在不行，可能要一两年以后我才具备娶她的条件，现在这时候，你就救救我们吧！

姐姐，只有你能帮我……

卜零摇摇头。卜零说不我做不到。而且……卜零古怪地看了他一眼接着说，也可能我们以后就见不到了。

为什么姐姐为什么？

因为……因为我想和韦离婚。我离开韦，也就不会和你有任何联系了。

干什么呀姐姐？都快四十岁的人了还离什么婚啊？

快四十的人是不是就不是人了？卜零说完这句话就向门外走去，在门口卜零又回过头，在阳光下卜零的脸色一片青灰如同戏装中的鬼魅。卜零对石一字一字地说你欠我的，你得还。卜零的脸和声音吓得石胆战心惊。卜零走出很远才感觉到右臂的沉重，她看到那五盘带子仍然拿在手里。那里面好像浸着血液，牛的一凸一凹的眼睛，还有精液的腥气席卷而来，迷惘的阳光把行人们分割成了碎片，然后定格。

31

从盛夏到初秋的三个月是韦一生中最痛苦的三个月。他的痛苦在于他铁的生活规律被打破了。他不知道怎么对待躺在床上的卜零。那一天，几个陌生人把昏迷不醒的卜零抬了回来，韦着实吓了一大跳。韦想这类文艺型的女人实在乖张，甚至用自虐的方式来引起别人的注意——韦实在不理解卜零献血的举动，而且是在完全没有和他商量的情况下，他认为这起码是对于家庭的不负责任。他甚至想这可能是卜零逃避剥豌豆的一个诡计。自从卜零躺下之后，剥豌豆的重任全落在韦身上,韦每天下班之后的第一件事就是剥豌豆,到豌豆季节结束的时候韦的指甲染上了洗不掉的绿色。这绿色甚至被刘总注意到了,刘总笑笑说绿指甲倒没什么,只要不是绿帽子就行。气得韦在当天的梦里向刘总肥硕的脑袋举起了刀子。自从那次合同的事之后刘总老是这么对待他,就在那次韦向卜零和石宣布公司即将变动的消息,并且由此发生卜零跳车小石受伤的戏剧的第二天,韦便得知刘老总已和日方签了堵塞漏洞的追加合同。韦这才自责自己太沉不住气了,好事是不能让别人过早知道的,特别是很有成功希望的好事。难怪那个怪异的巫师举过一支正在滴落的蜡烛作为他事业的隐喻。

但韦并不是那么容易屈服的。韦的信条之一便是"善败者不亡"。韦在立秋的那一天第三次走进那座有巫师算命的饭店。三层的那个埃及餐厅呈现出一种衰落的气象。用餐的人们像秋风落叶一样零落而萧条。曾经鲜艳美丽过的波斯花纹地毯现在像树皮一样薄而肮脏,上面洒满了烟头的灼痕。巫师已经回国了,原来她算命的那张桌子依然摆在那里,布满了灰尘。在放置水晶球的那个地方现在放着一盏巨大的花瓶式台灯。韦想巫师的口袋大约已经满得要溢出来了。不知那个巨大的水晶球如何放置在飞机上。或许会放在空中小姐的座舱里,巫师吃完中国式烤鸡之后,或许会利用剔牙的工夫给哪位运气好的小姐算上一命,然后带着一种玩味的态度去欣赏小姐美丽的脸上或狂喜或忧伤的表情。当然,如果发生空难那么那水晶球就会飞出窗外碎裂成无数繁星，若干年之后再以陨石的身份返回地面。

这时一位小姐拿着菜谱走来，轻声问：几位？

韦像被别人追逐着似的逃离那家饭店。那个花瓶式台灯的昏黄灯光令他昏昏欲睡。这件事他当然没有告诉躺在床上的卜零。他觉得卜零的形象在他眼里越来越模糊，他惧怕这个模糊的形象。他觉得躺在床上的这个女人就是一种情欲的化身，她像一团烈火一样可以毫不费力地吞食他，他过去天天盼着她会安静下来会像"古井水"一样"波澜誓不起"。她现在真正安静下来了，她的眼睛从早到晚盯着天花板，对任何事情都毫无兴趣，但是她仍然使他害怕。有一次他明明听见她在嘟囔着但他问她说什么的时候她却断然否认，而等他刚一转头便清楚地听到她在说什么"紫鲨鱼……浮冰……"。他断定她是走火入魔了。因此当他回家后看到她，听她说老板来过，单位通知把她除名的消息之后，他本来以为又是她幻想的什么故事情节。

32

但是老板送来的大包慰问品还摆在那里。有月饼、葡萄、莱阳梨、红富士……还有一大堆冷冻食品。所有的礼品加起来有上千元了,老板说是单位"慰问献血的同志"的,老板语调亲切真挚,谈吐幽默而迷人,老板连说了六个笑话,这些笑话确实很好笑,卜零已经有好久没这么愉快过了,老板在说完笑话之后就把头转来转去地看卜零家里的陈设,老板说你家很朴素呀,你先生不是大老板吗?卜零说我先生是那种挣不了钱的大老板。老板说我可是听说你是大款的太太,出门儿就坐豪华车的,单位这点钱挣不挣对你来讲算不了什么。卜零说那可太冤枉了,对我来说单位这点钱是我的全部。老板听到这里好像吃了一惊似的,老板说那太糟糕了,这简直是个天大的误解。卜零惊讶地看着他。老板显得很沉痛地说有件事我不能不告诉你,下个月你就不要去单位上班了。卜零的反应出乎老板的意料,在宣布这类消息的时候对方几乎一律地要大哭大闹寻死觅活,倘是男人便要大发雷霆以死相拼,但卜零的反应似乎过于平静,以致老板以为她还没听懂。于是老板进一步解释说单位的情况你也是知道的,僧多粥少,上级领导从年初开始就想裁人,有人向他汇报了你的情况,说你长期完不成任务动不动就不上班,这次参加献血的同志最多休了二十天,可你连休了三个月,也没有假条,领导在这次中层干部会上点了你,我为你争了很久,可没用,所以……卜零仍然一语不发,但是老板发现卜零的眼睛里出现了两朵绿色的火苗像蛇芯子一样喷吐毒光,卜零的嘴角上似乎还带着笑意,那是一种"毒笑",老板不知为什么有些害怕,接着卜零说出一句话来更加让他恐慌。卜零看着他的眼睛说老板你说的这时间不对吧,我想裁人的决定应该在我献血之前,我猜得对吗?老板的肌肉在微微抽搐,老板到底是英雄好汉,老板想结束这场无意义的谈话了。老板说:你真聪明,充满智慧。卜零笑笑又说出一句让人惊心动魄的废话。卜零说这个时代的智慧是一种通往绝境的智慧。卜零在说这话的时候平静如水。老板惊奇地发现卜零又有新的变化,这个女人的脸仍像过去一样妩媚,但那丰富的表情却已荡然无存。没有一根线条能够泄露她的内心秘密。就是过去那双可以一览无余地看到她内心世界的眼睛,现在也不过像一面玻璃镜那样镶嵌在脸上,从里面折射出的正是对镜者本人。老板在站起身的时候说你这句话可以进名言录了,为了你这句话我请你喝咖啡。晚上八点,花非花咖啡厅。

老板走出去的时候仍然在想卜零的变化。卜零这个女人在他心里始终是个谜。往往是他自以为已经完全掌握了她的时候,她忽然有一种新的谜一般的变化。老板刚刚调到市台时第一个注意到的就是卜零。这个女人并没有标准美人的脸,却从整个表情和体态上充盈着一种生动和妩媚,给人一种"异邦异族"的感觉。老板开始的时候对卜零动了些念头。应该说这种念头对于老板这样的人是很不容易的。演艺界美女如云围绕着老板,每天都有人给老板打饭、打水、清扫办公室乃至做各样的事情,要知道是老板在决定着生杀大权。可是卜零好像一直把他视作一团空气,老板觉得这个女人在用轻蔑毁灭着他,使他产生一种失败感。更让他不能容忍的是卜零常常不顾场合地顶撞他,譬如有一次开会的时候,老板为了活跃气氛,谈到《南国红豆总相思》里关于雪白的颈子的描写,老板说他当时就向作者提出过删改的问题,但作者修改的结果却是增加了两次强奸,老板和众人哈哈大笑。卜零站起来说老板你说话不能完全不顾事实,据我所知根本就没这回事儿这纯粹是演绎。老板说比"春天踏着湿漉漉的脚步走来了"还演绎吗？众人又是一阵哄堂大笑。卜零却继续认真地说这两句话根本不可比，因为我的话最多受人嘲笑而你的话伤害了别人。说完了这句话大家就安静下来，老板从那时开始就想把卜零请走了。

但是老板的好奇心使他犯了一个错误，他想探究这个女人之谜而约她去喝咖啡，他觉得如果不把卜零作为他的部下而把她作为一个纯粹的女人来交往的话，也许会有味道得多。但是他忘了考虑代价的问题，以致犯了一个对于他来讲十分罕见的错误。

33

老板走后约十分钟的样子卜零起床对镜梳洗。卜零好久没有照镜子了,卜零觉得好像过了一个世纪那么长。但是镜里的女人依旧。稍稍瘦了一点,眉宇间却有了一种决绝的神气。卜零用最精美的奥粉做底霜。她挑了一种淡赭石色,这种颜色和她的肤色很相配,并且使皮肤发出一种瓷一样晶莹的粉彩。唇膏她用了浓艳的深绛色。然后她戴上两只很大的锡制耳环,一个美丽的阿拉伯公主在镜中出现了。她发现自己似乎很适合浓妆。

后来她从镜中看到了韦推门进来。她没有回头，就在镜中注视着韦的脸说老板来过了，单位已经把她除名。韦听了之后好像并没有什么反应。卜零说我要出去一趟晚上要晚点回来。韦这时才看到老板送来的东西，韦说这么说你们老板真的来过了？卜零说当然是真的我虽然献了血可脑子还没献出去。韦这才有些恐慌，韦说你刚才说什么你们单位把谁除名？卜零这才回头看着韦指了指自己的鼻子，卜零说你的老婆从今往后要靠你养活了，韦总你不害怕吧？韦一下子跳起来，韦的身体里像装了一条暗簧似的，韦大吼着说你不要处处犯神经病，平时你一点小事就掉眼泪可现在这么大的事你倒不哼不哈了！快把你们老板的电话给我，趁还没有公布做做工作还来得及！卜零冷冷地看着他。卜零说你要怎么样？求他吗？

韦说当然，难道你现在还放不下你的臭架子！现在多少下海的人又折回来找铁饭碗，端个铁饭碗容易吗？你什么都不懂，告诉你，你要是想让我养门儿都没有！我没有这个义务我不会给你一分钱的……别废话了快把电话给我！卜零说我要是不给呢？

韦说那我就直接到你们单位去找老板！卜零勃然变色，卜零说你要是迈出这个门一步，我就杀了你！卜零说这话的时候眼睛里又冒出那种绿色的火苗，这种绿色使卜零看上去充满了雌兽的气味。韦有点惊慌，但立刻用冷笑掩饰了这种惊慌，韦冷笑着说你不就会窝里横吗？你在你的老板面前怎么什么都说不出来？你看上去挺聪明，其实是个不折不扣的笨蛋！笨蛋笨蛋！……韦就那么长笑着转过头去，但是韦的笑容很快就定格在脸上了，而且是永远刻在脸上。就在韦转身向外走的那一瞬，卜零用一根很长的冰冻里脊击中了他的后脑。

这块冷冻里脊是老板送来的冷冻食品的一部分。冻得很结实，像一根粗大的铁棒。卜零清醒地记起曾经读过一则著名的英语小故事，故事里说有位女士杀了她的先生，用的是一只冻硬的羊腿，在警方来调查的时候，这位女士把羊腿放进烤箱里，待警方搜查一无所获准备离去的时候，她很热情地请警察们享用美味的烤羊腿。这个小故事中表现出的智慧是一种属于女人的独特智慧。这的确是一种通向绝境的智慧。

所以卜零把烤箱打开，把时间定在五十分钟，把冰冻里脊放了进去。然后卜零盛装走出大门。

34

卜零在走到这一片街区的时候记忆有些模糊。在她的记忆中好像没有这座宫殿式的建筑。这座建筑的外墙是由一系列长长的画廊组成的。这些古怪的画充满了动人的官能之美。那些淌着血的树林里,有蓝色的鸟羽在飘动,树林的阴影覆盖着湖面,湖里的鱼聚在阴影处吸吮着绿荫的凉意,蝴蝶和蛇在树林里藏匿,它们没有任何隐喻或象征的意义,一个面对画面的女人冷冷地呆立着,还有色彩浓艳的裁缝或小丑在怪笑,他们似乎都处在无生无死的境界,这画廊使人想起一个狭长的活体解剖室。在那树林的深处，好像随时都会有幽灵从里面飞出来。

就在卜零犹豫着的时候，她看见宫殿式建筑里走出来两个人，都穿着白大褂，她这才恍然大悟。原来她要找的医院确实是在这里，不过是改装了一下门面而已。

接着她发现那两个人中的一个就是她要找的人。那是她唯一的医生朋友。那医生管理着一种剧毒药品。

那医生把她让了进去。医生的模样没变，仍然留着小八字胡。当医生听到她需要的药品之后并没有任何惊奇的表示，只是简单地问：你用它做什么？卜零说我先生是摄影师他做暗房的时候需要这个。卜零刚刚说完就后悔了，她忽然想起前次曾告诉医生先生在公司里工作，但是医生似乎根本没介意卜零的回答，他再没问什么。医生走进里屋拿出了一小瓶药，看上去只有小指甲盖那么一点点，医生说每次只能用百分之一。让你先生一定要带着胶皮手套操作，事后一定要好好洗手，医生送卜零出门的时候还在叮嘱。但是这话让卜零听起来更像是一种职业性的医嘱。

花非花咖啡厅就在斜对面的街角处，旁边是一个小邮局。卜零像影子一样闪进了邮局，她奇怪的是没有任何人注意她，卜零觉得自己好像已经秘密地穿上了一件隐身衣。卜零在填写汇款单的地方悄悄拿起一瓶墨水，卜零迅速地把那一小包东西倒进去，然后掏出钢笔吸了几下墨水。卜零没有忘记在出门的时候把剩下的墨水洒在外面的土地上。

卜零走进咖啡厅的时候老板已经等候多时了。老板刻意修饰了一番，显得风度翩翩潇洒自如。老板是那样亲切善意地对待她，这真是个迷人的男子，卜零觉得和他谈话真是一件愉快开心的事，他们谈得十分投机，精彩纷呈，很多美丽的语词像肥皂泡一样从他们的嘴里源源不断地喷吐出来，卜零觉得不记录它们真是太可惜了。老板说你是个很有趣的女人，这我没猜错，我希望我们以后可以常常有这样的谈话，并且，不仅仅是谈话。老板说完这话就意味深长地看着卜零。卜零也心领神会地看着老板，眼神既娇羞又有一种妩媚，卜零的表情恰到好处，以至连老板这样的人也感到心旌摇荡。但这并不妨碍卜零在老板去洗手间的时候向老板的杯子里挤几滴墨水。卜零挤得果断而准确，没有一滴洒在外面。

卜零走出咖啡厅的时候老板已经趴在桌子上了，那样子像是熟睡。卜零走出去的时候仍然没人注意她，因此她觉得这一切真是简单极了，简单得让人觉得乏味。

35

卜零回到家里。卜零依稀记得家里的地毯上应当有一个人,但现在地上空空如也。卜零知道自己的时候不多了,于是她很快拨了石的电话。在听到石声音的时候她战栗了一下。石说姐姐怎么这么长时间没你的消息,你怎么了,生病了吗?卜零没有说话,她觉得自己一张嘴似乎就会流下泪来。石在那边说,我给你打电话,没人接,刚刚还打过,我已经好多了,再过两天就能给韦总开车了。卜零的眼泪已经流下来,她半张着嘴像鱼一样艰难地喘着气,她手里拿着的水果刀已经滑落在地毯上，但就在这时她闻见了香水和精液混在一起的味道。她闻见这股味道就想作呕，于是她脸上的泪水就那么一下子干涸了。她在电话里对石说：你来吧，来看看我。

　　石走进来的时候卜零已经重新化好妆。此时正是晚上九点钟。石进门就闻见一股鸡肉的香味，他觉得这个家是那么温馨。卜零正在做枸杞炖鸡。卜零走出来的时候石大大地吃了一惊。卜零穿着漂亮的阿拉伯长袍戴着锡制耳环化着浓妆显得明艳逼人。石想起他看过的电影《后宫》。那个美丽的在苏丹后宫浴池里洗浴的女人。那浴池里撒满了鲜花。想起这个石的脸就红了。卜零微笑着给石端来一碗枸杞炖鸡，卜零说我早就想请你来吃我亲手做的饭，你吃吧，以后也许就没机会了。石埋下头来吃，石的眼睛里充满了感激。石问，姐姐我托你的那件事怎么样了？卜零看着他，眼里流露出掩饰不住的忧伤。卜零说就是你那个情人的事吗？哦，我正在办，我认识一个大夫——说到这里卜零忽然哆嗦了一下，她惘然四顾，好像想起了什么，但是很快她便平静了。她微笑了一下，她的微笑异常明媚。石觉得像是一股雪天里的泉水在流动。石说姐姐你怎么变得这么漂亮像个公主似的？石说完这话脸又红了，卜零笑笑说我给你跳个舞吧，你看看公主怎么跳舞，愿意吗？石抬起大眼睛看着卜零，他隐约觉得有点什么不对头的地方，但是还没容他细细思索，卜零就扭动身体跳了起来。卜零跳得的确很美，她双臂上举，身体颤出许多优美的波浪状弧线，但是石很快目瞪口呆地看到，卜零每转动一圈便脱下一件衣服或饰物,卜零脱下它们就远远地扔掉像丢掉什么垃圾似的。

终于卜零全身赤裸着站在他面前了。石捂住了脸。但指缝里仍能看到他红得要冒血的脸。他的眼睛又出现了那种潮红,潮湿得仿佛要渗出水来。卜零毫不留情地把他的手扯开。卜零的眼睛像星星一样在他眼前飘闪聚散,卜零轻轻地问:我美吗?石的潮红的眼睛里全是乞求,石的眼前一片红雾什么也看不清,但卜零并没有放过他,卜零狠狠地一把揪住他的头发:说啊,回答我啊!连这句话都不敢说,你是男人吗?!石像被击中了一样清醒过来,眼前的人不再是老板娘或者其他什么,她不过是个女人,一个充满动感的肉体,比起莲子,这个肉体饱满得快要炸裂,成熟得快要滴出汁水。这肉体的每一根线条都颤动着一种残忍的狞厉之美,那似乎是一种决绝的召唤,一种远古时代的金钺之声的回响。石站起来,像古罗马的斗士一样抓住了这只雌兽,他在抓住她的时候好像吼叫一声。

事后卜零无数次地回想她是从什么地方找到那把水果刀的,梦中的记忆总是不大清晰。卜零的皮肤像光滑的古绸缎一样呈出淡淡的赭石色,当石的大手触碰到这皮肤的时候卜零打了个寒噤,那是一种长久渴盼之后的逆反,恰如一个饿过头的人见了饭就恶心似的。但是最重要的,是卜零再次闻见了香水和精液混合在一起的味道,从那股味道里她看见了紫葡萄般浓艳的血。这血洗清了她的全部羞耻,她觉得自己比任何时候都清醒。情欲已成为身外之物而遭到弃绝——她不知道这是超越还是更大的不幸。她看见石像一只发情的狗一样匍匐在她的脚边，含混不清地喘息着，她带着一种不动声色的玩味态度不断地撩拨他却让他无法得逞。她看见石的肉体徒劳地翻滚着，眼睛仿佛要滴出血来。卜零微笑了。卜零的全身心都在享受着复仇的快感。在两性战争中，她觉得战胜对方比实际占有还要令人兴奋得多。

卜零刺向石的时候翻天覆地倒出了那天的话，卜零对他说，我说过你欠我的你得还。现在，你还吧。但是石比那两个男人难对付得多。水果刀深深地扎起向下无限压缩，然后再随着刀尖膨胀起来。卜零惊慌起来她的刀落得又急又快，但是石的身体却像水那样不断变形完全不受伤害。卜零大汗淋漓真希望这不过是一场梦魇。

这场梦的结尾处是走进来几个警察模样的人，为首的一个人高高举着逮捕证。卜零看到他的眼里藏着阴险的笑意，她在刹那间竟感到他是巫师的化身。

36

韦回家后在楼下信箱里找到了一封奇怪的信，那信的背后粘着一支山鸡毛。信是写给卜零的。

卜零睡梦中的脸全是汗水，嘴里不断地说着梦话，韦相信她一定是在做噩梦。韦推醒了她。卜零刚睁开眼看见韦的时候很惊慌，那样子就像是见了鬼似的。

卜零好不容易才确信眼前是一封鸡毛信而不是逮捕证。卜零慌慌地拆开信。信是阿旺写来的。阿旺说爷爷听说卜零用戒指换香水的事，很过意不去，爷爷现在已经把戒指从大姑手里要了回来，爷爷说欢迎卜零再次去山寨，爷爷说："卜零老师很可能是我们的族人。"卜零看信之后呆了半晌。接着她看见旁边的桌子上放满了食品。卜零皱着眉头问这些吃的是谁送来的，韦看了她一眼说你这人怎么了献点血连神经也献出毛病来了？这不是你们老板送来的吗？你还说你们单位把你除名了，咱们还吵了一架然后我就走了，你怎么都忘了？卜零呆呆地说这么说这一切都是真的了，韦说你说什么。卜零说没什么，但是我记得老板送来的是两根里脊怎么就剩一根了？韦看了看说这我倒不记得怎么几根里脊你倒记得挺清楚。卜零的神色有点诡谲，卜零说那你今天怎么回来这么早。韦瘫坐在沙发上双手抱头说今天也不知怎么搞的后脑勺儿疼，刚才那阵可真疼，现在好多了。卜零使劲捂着嘴才没叫出声来。她感到前所未有的恐惧。然而接下来韦的电话更使她的恐惧达到了极点。

韦拨了石的号码让他翌日上班，韦听了几句话就把电话挂上了。韦皱着眉头说小石这人怎么搞的，休病假还休上瘾了，说不知怎么突然心口疼，人儿不大毛病还不小！卜零听了这话之后就走到阳台上。卜零看到晴朗的夜空里星汉灿烂，双鱼星座仍然在老位置上，那一对鱼形的脉络似乎比其他星座更加纤美。卜零想明天一定要给老板打个电话。卜零想说：喂，你认识花非花咖啡厅吗？

37

卜零从车站买票回来已经很晚了。她买了一张去边寨的卧铺票。她想上次的确是太匆忙了，那夕阳下的有着美丽岩画的山，那神话般的小作坊，那六个鲜花一样的少女，那个黑衣女人，那寨子里敲响的木鼓，那些篝火和舞蹈，甚至那只流出紫葡萄一般浓艳的鲜血的牛……这一切都成为一位民族老人的背景。那老人的灰白头发闪着忧伤的光泽，老人把一枚戒指放在她的手心里，老人说孩子你戴着吧，魔巴摸过的玉石会保佑你的。

卜零看到街心花园里有几个孩子在玩,在秋风里追逐着,有一个男孩手里拿着一只弹弓。卜零好久没见过这玩意儿了。现在的孩子被变形金刚占有着,很少对别的什么有兴趣。卜零走过去拍拍那个男孩的头,卜零说让我玩玩好吗?男孩点点头困惑地看着她。卜零说阿姨小时候打弹弓可准了现在你也未必玩得过我,男孩指着遥远的夜空说阿姨你要是能把星星打下来我就服你。卜零笑了,卜零指着远远的星座说,知道吗那叫双鱼星座,那是一条公鱼和一条母鱼,男孩说阿姨你错了,得说是一条雄鱼和一条雌鱼。卜零笑笑说还是你说得对,你看阿姨把那条雄鱼打下来,男孩说不行那两条鱼是叠在一起的,一打就都打下来了,卜零说那就同归于尽吧!然后就夹了一块石子把弹弓高高举起,卜零用尽全身的气力把石头射向那星座。那个小石头向夜空里飞去,像流星一样瞬息即逝。

也就是在这一瞬间,天边的一扇门悄悄地开了,上帝本人探出头来。上帝看见了那个不安分的夏娃的后裔。上帝隐约记起在伊甸园里夏娃的恶劣表现。为了偷吃智慧树的禁果,上帝给予了她最严厉的惩罚:让她妊娠,让她流血,让她忍受比男人大得多的苦痛。但一切已经迟了,因为她已在男人之先吃了那禁果。上帝想到这里不免有些沮丧,他不再看那个不自量力的女人一眼就关上了天门。他把天门永远向女人关上了。

这时石子陨落,天边传来遥远而空寂的回声。

银盾

秋收之后，苇子村照例要演戏。蜂儿从好早便开始掐手指头，一天天地算日子。细细的苇子般的手指像琴键似的拨过来，又拨过去。

蜂儿十四。有一身美丽的浅黑色皮肤。腰细软得就像河塘里被风吹着的苇子。一双细眼亮亮的总像含着泪。黑里透黄的头发结成一条大辫，斜斜地插一朵时令的花。乡里老人看见蜂儿就感叹着说：和她娘年轻时一个样。

蜂儿从记事起只有一个爹。爹是村里的织席能手。只要闲下来，爹便坐在小竹凳上，埋在苇子里，织席。雪白的苇席从爹手里一段一段地游动着，流淌了满地。那一色的纯白越发衬出爹皮色的枯黑。在蜂儿的印象里，爹总是弯着腰在织，渐渐的那姿势也固定起来，就是站着，爹也总是比别人矮一截。而且，蜂儿好像从来想不起爹的眼睛长什么样，因为他总是用厚重的眼睑小心翼翼地掩盖着眸子。在蜂儿很小的时候，仰起脸，还能看到昏暗的两道光，可现在，她只能看到眨动的睫毛慢慢在发黄、在枯萎。

戏台已经搭起来了。是个很大的台子。四根雕漆木柱黑森森地耸立。青铜色的大自鸣钟旁边，有一块色彩花哨的木牌，上面写了头牌生旦的名字。都是认不得的，乡里人却偏显出很熟络的样子，边看边点头。戏开场的时候蜂儿看见阿吉姐也拿个小板凳来了，阿吉姐原是蜂儿的忘年交。自嫁到邻村，还是头一回见面，蜂儿喜欢得不得了。但蜂儿欢喜的时候也不过是低眉浅笑，把阿吉姐的辫子弯来弯去地摆弄。阿吉像是丰满了许多，两个乳房把衣服高高顶起来，下摆像是少了一块似的。阿吉穿的是一件红衣裳，是那种极艳的鲜红，就是在百里之外也能看到的。阿吉还像过去一样爱笑。可笑起来眼睛里是空的，也没有了原先那闪闪的光。乡里女人见了阿吉都说她俊了，惟独蜂儿不这么看。

戏台上的花旦咿咿呀呀地唱了一回，终于青衣出来了。青衣一出来就把蜂儿吓了一跳。蜂儿隐约觉得，这青衣似乎很像一个人，她想来想去，把乡里的姑娘媳妇都想遍了，最后才想到自己。是的,那个青衣很像蜂儿,只是肤色比蜂儿白,脸盘比蜂儿大罢了。蜂儿想到这里就有点儿害怕,向周围望望,众人都在一心一意地看戏,阿吉看得两个眼珠都直了。

那青衣生着一张美丽的银盆大脸,穿宝蓝色绉纱直裰,外罩玫瑰色洒花软缎坎肩,想来是从来深居闺阁没见过男人,所以见了那尖嘴猴腮的公子便激动得不得了,先是缩脖瞪眼颤抖不已,后来因老夫人阻挡不让与公子见面,便一跺脚一歪脑袋,做出"我好恨呀"的样子,"喂呀喂呀"不停地哭。台下的姑娘媳妇便有跟着哭的。蜂儿悄悄看看阿吉,见她已哭成了泪人儿。后来小姐春情泯灭,病倒在床,一根白绫结束了相思之苦,一缕香魂荡悠悠飘然而去。等再出来的时候,俨然已是一身白衣,头缠白绫,为了表明是鬼,脸上涂了白垩粉,青黑的眉,血红的嘴,走起路来青烟袅袅,这时台下已没有眼泪,只剩下惊慌和恐惧了。

从始至终蜂儿只想着一件事:等戏演完了到后台看看那扮青衣的演员。所以那戏文里究竟说的是什么,蜂儿完全不知道。终于戏散了,蜂儿竟不顾阿吉,从壮汉和婆娘们的腋下,泥鳅似的一路钻向后台。

后台虽也是花团锦簇的一片,却远没有蜂儿想象中那般神秘。刚才在台上还斯文得拿腔作势的演员们,这时候都扯着嗓子开玩笑,裤衩胸罩扔得满天飞。蜂儿认准一个纤腰大臀的走了过去,镜子里闪现的却是一张小小的三角脸。三角脸一回眸,刚刚除掉眼妆和唇膏,像是戴了副橡皮面具似的,见只是个小小的女孩,表情便转威严,厉声问什么事,蜂儿见了也并不怕,只捂了嘴悄悄说一声,我认错人了,转身便走。三角脸再问时,蜂儿已不答。蜂儿在后台细细转了又转,一排梳妆镜里的人都看熟了,却惟独没看到那银盆脸的青衣。蜂儿正发呆,被班主和管事的发现,管事的上去轰人,却被班主拦住。班主的眼毒早出了名,见到一个豆蔻年华的美丽女孩看卸妆看入了迷,便认定了是那么回事。遂走过去轻言曼语地问:姑娘你有事儿?但就是这样的轻言曼语也把蜂儿吓了一跳。蜂儿抬起泪汪汪的眼睛说大叔我找那个唱青衣的,那唱青衣的她到哪去了?班主并没有绝望,班主笑眯眯地问:小姑娘你找她干啥,你喜欢她想跟她学戏?蜂儿不知道怎么回答,她点点头又摇摇头,蜂儿说大叔我喜欢她是真的可我不想学戏,班主的态度冷淡下来,班主说你找不着她的,连我都不知道她姓甚名谁,她串下一出戏拿了钱就走每回连妆也不卸,你上哪找她?蜂儿呆了,蜂儿说大叔你就帮帮忙吧,你帮我找到她,让我跟她说句话,你要咋样我都答应你。班主嘻嘻地笑了,班主说你一个姑娘家咋说这话,你幸好是跟我说了你要是跟一个坏小子说人还不趁机占你的便宜?傻闺女要不这么着得了,下回她再来串戏我就叫着你,给你安排一个跑龙套的小角色,演个小孩啥的,那你不就能见到她了?蜂儿低头想了一想,抬起头笑了,蜂儿笑起来像一缕烟轻轻拂过。班主见到这样的笑容觉得很陌生,因为他治下的女人笑起来都像金灿灿的大丽花，虽然美，却禁不起琢磨，跟画的花脸也差不多。班主受了感动，就从一套行头里拿出一枚银盾说这是真银的，啥时候要演戏了，就把这往村口大钟旁边一挂，你要找的那女人就来了。蜂儿翻过来掉过去地看那面盾，虽是银的却已经旧了，上面雕的花纹和字码都洋味十足，那一层层的花纹比织得最精致的苇席还要细致得多，蜂儿看到那是一幅西洋画，上面画了两个男人和一个女人，女人倒卧地上，脖子上横着一支剑，两个男子则显出很惊慌的样子。那么高那么大的房子，宫殿似的，有蜂儿永远也想象不出的那么美丽华贵的陈设。蜂儿自然不懂那刻在画下面的洋文。

蜂儿走到星空下的时候戏已经散了。她看到只有一个人在星空下一动不动地站着，那人的长发被吹得像水母一般直立起来。她是阿吉。

蜂儿是从旧相框后面发现最初的秘密的。那时相框的画经常更换，比如，今天是"毛主席走遍祖国大地"，明天就换了"毛主席去安源"，蜂儿很乐意进行这种更换活动。但是有一天她在更换画片的时候忽然从相框背后的夹层里掉出了一张照片。那是一张呈浅褐色的旧照片。上面有一个女人抱着一个孩子，那女人梳两条大辫，穿带条纹的大襟衫，孩子则是光着身子，瞪着一双大眼睛，无论是女人还是孩子都显得十分呆板。那女人一张银盆大脸既美丽又有几分傻气，一看就是很少照相的人坐在照相馆里的那种紧张。蜂儿看了又看，最后对着镜子把照片贴在自己脸边，她认定那个女人和自己有点像，但是看着看着，那陈旧的浅褐色线条仿佛浮出了照片的平面。更确切地说，是那个陈年的女人飘浮了出来。那女人的头像越变越大。好像有人在放大这张照片似的。蜂儿已顾不上害怕，头像放大十倍之后蜂儿才在那女人的嘴角处辨出了一丝微笑。接着，蜂儿听见一个飘浮在空中的声音说了一句什么，她隐约听到好像有"苇子坑"三个字。听到这句话之后她就看到镜子里的一片空白。

  阿吉听说蜂儿生病就跟男人请了半天假，说是去苇子村邻居家里要两领苇席铺炕。阿吉拿了一瓶蜂儿最喜欢吃的醪糟，这是她亲手做的，蜜一样甜。阿吉拿醪糟的时候惊动了婆婆，婆婆从蚊帐里哼哼地说：那点糯米酒是我爱吃的，你不要动。阿吉就说娘你睡你的，没人动你的糯米酒。婆婆翻个身又睡着了。阿吉就倒出一块糟来兑了好些凉水，仍放在原处，把那又浓又甜的另装了一瓶，揣在怀里。阿吉边干这些心里边骂着：老棺材瓢子，几世没见过吃食，不顾惜我，连你梁家的根也不顾惜？死到眉毛尖上了还跟他争食？！

  阿吉顶了个斗笠出来，佯睡的婆婆从窗棂里望见了，也一样在心里骂着：秋分都过了，还要戴斗笠，又不是什么黄花大闺女，还想给什么人看呢？肚子鼓起来又怎么样？谁的肚子也不是没鼓过的！——婆婆年轻守寡带大了阿吉的丈夫阿根，最看不得小夫妻的儿女情。

阿吉还没走到蜂儿家便听到一阵乐声，呜呜咽咽的好伤惨。蜂儿爹照例在门口织苇席，见了阿吉头也不抬。阿吉说：蜂儿呢？蜂儿爹向里面努努嘴。阿吉记起未嫁之前来找蜂儿的时候，竟是一模一样的情景，恍惚间竟觉得又回到了从前。那时苇塘一片碧绿，蜂儿戴一朵木槿花，把大把的榆钱儿塞到阿吉嘴里，榆钱儿经了蜂儿的手特别香甜。阿吉那时一天能绣一顶凤冠，是出口的，卖了换嫁妆。

是蜂儿在吹箫。人都说蜂儿好福气。有了这么能干的爹，她才能得空吹箫，描花样，做女红。见了阿吉蜂儿并没有停下来，这是蜂儿的格涩之处，阿吉也不怪她。只把那瓶醪糟放在一边，静静地听。

秋天的太阳不似夏天毒，却照得人慵懒。阿吉听见这箫声就想起那个星夜的苇塘。那天晚上戏散了才等到蜂儿。蜂儿眼亮亮的像是很激动。蜂儿说，阿吉姐，我们去苇塘走走吧，你有些时候没去苇塘了吧？两个人就挽着手向苇塘走去。月白风清。阿吉告诉蜂儿她怀孕了。蜂儿听了并不惊奇，蜂儿问你想要男孩还是女孩？蜂儿问得有点心不在焉。阿吉的回答更是奇怪。阿吉说男的女的我都不想要，女人一有了孩子就算完了。蜂儿你还记得那时光咱们在塘里洗澡吧，你说过我那腰细得一把攥得过来，你再看看现在——阿吉的性子仍然那么急，蜂儿还没反应过来她已把红外衣撩上去，蜂儿看见阿吉的细腰已经不存在,阿吉娇嫩的乳房胀得连静脉也暴出来,奶头变成了黑色,腰腹已经被一条清晰的妊娠纹连为一体,紧绷绷的像是得了血吸虫病。阿吉的脸还是阿吉,可阿吉的身子已经不是她的了。阿吉古怪地笑了一下说你看女人怀了孕是不是像个雌牲口?这还是刚开始,等生了,再喂过了奶,再苗条的女人也胖得像个桶了,再往后,一身的肉一懈,皮囊搭膪的,谁多看一眼都恶心,临死时又瘦成皮包骨,这大概就是所谓红粉骷髅吧。蜂儿的脸在月亮里白得像凉粉,蜂儿说好姐姐难道女人都要走这条路?阿吉又笑了一声说不走也行啊,你看前村的六婆婆就一辈子没挨过男人,你看她那样子,是不是比嫁过汉的女人还叫人怕?那天我进村从她背后过,是长辈,不和她打招呼又不好,我刚说一句:六婆婆,给您老人家请安呐,她就忽地转过身来,一双眼睛直勾勾地看着我说:你要干啥?!倒把我吓了一跳。听说她前两年就得了乳腺癌,发现得早,给拉了,现在又是子宫癌,为啥?就是为了没结过婚没生过伢,血脉不通嘛,还不长癌?

　　蜂儿已经弯身蹲在地上。蜂儿说这么说女人怎么活都不行?我可不愿成个胖娘们我当然也不愿意得病,我就活到十九岁,多活一天我都不干,就在十九岁生日那天我跳苇子坑淹死!后一句话被阿吉捂住了嘴,阿吉说傻妹妹不管咋说活着总比死了好。告诉你也有特别的女人生生泼泼活一辈子到死都不老,到死都漂亮,就像你娘,一万个女人里有那么一个,可惜死得太早了……阿吉话没说完忽然刮起一阵大风,是的那风就是在那个时候起来的。整个河塘的苇子如一片缓缓掀起的海潮,和天边暗灰色的云朵一起翻涌,那声音呜呜咽咽仿佛一个人在哭,又好像是一种和着泪的箫声,那一种惨淡直渗入两个小女人的心里。

接下来的事两人的记忆就大不一样了。阿吉记得是她拉起蜂儿就跑,到苇塘最近的小窝棚里避风,阿吉说当时蜂儿喘着气脸色苍白,蜂儿说阿吉姐你看见船了吗?那苇塘里有只船在走!阿吉说蜂儿一定是疯了,全乡的人连平常也不敢夜闯苇子坑,何况这样可怕的天气!但是蜂儿矫正她说并不是什么人夜闯苇子坑,而是那船在自动地行走!是的按照蜂儿当时清晰的视觉记忆是这样的:在被风刮倒的一片苇子背后,有一条船静静地驶出来,就像是从天边驶出来一样。那条船在河塘闪亮的缝道里投下一片巨大的阴影。

许多年之后这个记忆依然存留在蜂儿的脑海里,想起那个夜晚她就想起一片灰色的风托起一片灰色的苇子,从一片灰色中静静地驶出一只神话般的小船,小船投下巨大的灰色的阴影。

蜂儿把那一阵风变成了她的箫声。阿吉听懂了。但是阿吉并不懂蜂儿为什么要把那风变成她的箫声。

终于蜂儿放下了箫,蜂儿淡淡一笑说阿吉姐我想请你帮个忙。阿吉说你说吧以后说话痛快点别那么像洋学生似的文文绉绉的。蜂儿听了就打开自己的小箱子拿出那面银盾。阿吉看了又看那些精致的花纹看得她莫名其妙。

是你娘留给你的？阿吉问。蜂儿摇摇手嘘了一声，阿吉觉得蜂儿是不想让屋外的老爹听见，蜂儿说阿吉姐你就别问它是哪来的了，过会子你走的时候，顺带着把它拿到村口大钟旁边挂上，好不？阿吉呆呆地看着蜂儿说妹子你让姐挂这玩意儿到底有什么事？蜂儿说好姐姐你就别问了，等过几天我自然告诉你。

阿吉走的时候看见蜂儿爹的背驼得更厉害了。那箫声真的变成了风吹弯了他的腰。她看见他在瑟瑟发抖。

那一天深夜爹才回家。爹没敢开灯，只点了一支洋蜡，但是爹刚点上蜡亮就熄了，那是因为他的背后有个人在问：爹，我娘到底是咋死的？声音不大，可他大大地哆嗦了一下。他一哆嗦就把那亮光弄没了。他没想到女儿居然一直醒着。

蜂儿看见爹的驼背在发抖，但是爹答话时候没有回头：咋死的？不告诉你了吗？闯苇子坑淹死的。

娘为啥要闯苇子坑？

咳，你娘那人要强，支书说她织的苇席不够数，她就夜闯苇子坑捞苇子去了……

那咱家咋不供她的像？

那年月穷，吃都吃不上，谁还想起照个照片留下？

那咱家主席像背后的照片是谁的？蜂儿的眼光像利剑一样刺穿了他的后背。他软瘫下去，像一堆破布一样簌簌发抖。

蜂儿哭着说你一直在骗我，我都十四了你还不跟我说实话？蜂儿说着就跑了出去，蜂儿本来是不想跑出去的。

阿吉捧着那枚银盾边走边看。这陈旧的盾牌只有在黑夜才能闪出一点亮光。那个费解的画面使阿吉想象到在一个遥远国度中发生的谋杀事件。阿吉的想象力仅仅局限在电视的范围内。她家里有个很不错的电视。她记得曾经看过这样一个故事：两个男人同时都很爱一个女人，一个男人跟这个女人结了婚，就把这个男人叫作甲吧，有一天，男人甲外出，男人乙——也就是另外一个男人来叙旧情，叙过旧情之后自然是旧情复发，乙跟女人睡到了一起。甲这时候回来了，就操起一把剑跟乙决斗，斗了几个回合不分胜负，甲就对女人说，还是由你公断吧，我们俩你只能留一个。女人听了这话就呜呜咽咽地哭起来，最后把剑指向了自己。女人倒在血泊里之后，乙很快就溜走了。乙溜走之后女人就从血泊里站了起来，原来，这是女人使用的一个巧计。那血也是原来就藏在塑料袋里的鸡血什么的。结局自然是那女人跟丈夫言归于好。

阿吉看到银盾上那幅图画恰恰是女人持剑倒地的一刹那。但是阿吉并不曾就此罢休，阿吉摸到盾后面那些凹凸不平的纹路，有一个小小的抽屉样的东西触到了她的手指，她轻轻拉开，有一张画着符的白绢悄悄地从里面飘了出来。阿吉一把没抓住，那一点白亮像活物一般从她手里挣脱出去，那块白绢像精灵一般在夜空飘荡。

蜂儿在村口自鸣钟的旁边看到了那块银盾。月光直射在银盾上，泛出青铜色的光泽。那个月亮是淡红色的，直直地挂在天空，像是午夜升起的太阳。蜂儿有点迷茫地站在那月亮下，好久，她才听见远方闹闹嚷嚷的声音。她抬眼望去，见是一座新搭起的大戏台。隐约看见村民们黑鸦鸦地围了一片，心想乡里人想看戏真是想疯了，连自鸣钟还没有响，便都知道了要演戏。忽又想莫不是那块银盾的作用？又抬眼看看那银盾，依然挂着，并没有什么人拿走。

这时戏台上咿咿呀呀地出了一个花旦，紫花马甲，满头珠花，唱了一通之后摆出兰花指，像是等着什么人来，蜂儿看见花旦俨然是上次的演员，心想她必是等着那青衣上场了，颈子便伸得老长，谁知那青衣上场后一亮相，竟是那个三角脸的。蜂儿一着急便急急钻入后台，仍是从众人腋窝底下。

后台仍是花团锦簇的一片。班主从一片铠甲之中抬起头来，见了蜂儿也并不感到奇怪。蜂儿叫了一声大叔。蜂儿说怎么没见上回那个唱青衣的，班主说哪个唱青衣的？我们戏班子只有一个唱青衣的，蜂儿急了蜂儿说不对，上回唱青衣的那人是银盆脸，漂亮得很，和今天唱青衣的一点都不一样。班主呵呵大笑说孩子是上回你在做梦吧，你可以问我们班子里任何一个人，说着他就揪住一个正要上场的丑角，丑角皱皱白鼻子说打班子成立以来就一个唱青衣的，就是那个正在台上的三角脸——蜂儿呆了,疑心自己是在梦中,掐掐脸,是生疼的,可为什么班主要这么说呢难道他是和别人串通好了哄她?蜂儿这么想着眼泪便冒出来,蜂儿眼泪汪汪地说大叔那上回你交给我一面盾牌,说是只要挂出那面盾牌那青衣就会来难道这个你也忘了?大叔我不怕你赖帐现在证据还在呢。蜂儿不由分说扯着班主来到大自鸣钟旁边,你看看呀,那盾牌不就……蜂儿忽然顿住了,她抬头看去,那银盾牌不知什么时候已经不在了。

蜂儿爹叫蜂儿的苍老声音在夜空中回荡。

蜂儿爹驼着背踽踽独行的样子使人想起一只病弱的老骆驼。

蜂儿爹刚走出来不久就看见一条白绢在夜空中飞舞,蜂儿爹就想看看那玩意儿到底是啥。

蜂儿爹跟着白绢一直走到苇塘边上。他看见了苇塘就全身抖起来,他大概有十三年没到苇塘边来了,他只织苇席不割苇子,和乡里几个常下苇塘的小伙子搭伙做。这时那白绢飘落地上,他拾起来,见是一道符。他仓皇地叫了起来,他大叫着蜂儿的名字。

有一条船静静地从苇子中飘了出来。幽蓝的月光照了十三年,月光和十三年前一模一样。但是十三年前那船里坐着一个人。一个生着银盆脸的美丽女人。那是他的女人。和他结婚三年多,和他有一个刚满周岁的孩子。他的女人从来没爱过他。他知道，但不在乎。他想美丽的女人总是骄傲的，他要一辈子为她做牛做马。细水长滴石也穿嘛，他就不信感动不了她，只要她没外心，他啥都能忍。可是终于有一天他发现了她，那时她常去苇塘割苇子，他亲眼看见了她和另一个男人，那是个戏班子的老板。他觉得自己的心当时就破了，血哗哗地往外流。他枕了一把砍刀睡觉，那砍刀是用来割苇子的。

但是他最终还是没用上砍刀。因为在他奋力向女人砍去的时候，有一面银的盾牌把他的刀挡住了。那是突然从芦荡深处出现的一个人。于是他放过女人，转身向那人砍去，那面银盾再次把他挡住了，以致他至今未曾见过那人的真面目。他勃然大怒，推翻了小船，那里正是淤泥最深的苇子坑。女人就那么倾斜着陷入苇子坑里。他至今都记得他的女人在最后一刻露出的微笑。那是一种恍惚而美丽的笑，稍纵即逝，无法捕捉。像是一个女人忽然想起了她的相好，想起了他的一点什么特别可爱的地方，因此带着一种庇护和宠爱似的那种笑容。

那个手举银盾的人并没有来救女人，而是飞快地逃掉了。他呆了很久才疯了似的潜入水中去扒淤泥，但是始终没能找到那女人的尸体。他想女人终生所爱的那个男人在关键时刻丢了她，应当是她生平最大的遗憾了。

这时他看见小船慢慢向他飘来，在月光下呈现出一派雪蓝色。

五年之后，蜂儿满十九岁生日的时候出嫁了。是阿吉做的媒。因蜂儿是个孤女，乡里老人们都出了面，婚事办得热热闹闹。惟阿吉独揣着一份心事，一直陪蜂儿到晚。眼见新郎着急，蜂儿只得开了口：阿吉姐，你还有事儿？阿吉吞吞吐吐地说妹子我真怕你有啥事儿。现在你爹娘都没了，我要不管你谁管你？……蜂儿转转眼珠说阿吉姐你是怕我原先说的那句笑话吧？你别担心了姐姐，我现在真觉得好死不如赖活着，那些为这为那死了的人可真是傻！女人不就是这么回事儿，闺女变媳妇，媳妇变娘们，啥时有啥时的乐！我还想乐乐呵呵活它个长命百岁哩！

一席话说下来，阿吉犹犹疑疑地走了。当晚果然无事，日复一日，年复一年，蜂儿都快快乐乐地活着。只是，从不再看戏。闷下来就吹一支箫，那箫声呜呜咽咽的像是哭声，听见那箫声阿吉就想到那个大风的夜晚，苇子被风刮得海潮一般掀起。

女觋

芥兰公主，春秋时期燕王的第三个女儿，怕是在历史上没什么名气的吧。但是在当时的燕国，却是有名的美女。据说母后生芥兰的前夜曾有一梦，梦见一只雏凤衔一夜明珠绕梁而过，彼时弦歌四起，大殿通明。芥兰生下，因过分妖娆，母后深为担忧，便去远近闻名的神巫女觋处许了一愿，说是待女儿十岁时，去侍奉女觋一年。愿许过了，就随着日子淡忘了。淡忘的原因，最根本的恐怕要算作芥兰本人的健康无恙了。芥兰是那么健康，从小不识药味，极其美丽、极其精致地成长起来，让母后由衷地认为那愿许得多余，最后索性就彻底忘掉了。

但是母后的忘却并不意味着所有人的忘却。起码，在当时的世界上有两个人牢牢记着此事，一个是女觋，另一个就是芥兰本人。

芥兰公主当时的年龄，已经成为国家的最高机密。宫中最老的宫女只记得，燕王在十二年前曾经第一次张罗女儿的婚事，那时，清客中一个善拍马屁的人曾经写道：年方二八，雍容绝代。老宫女自然知道，二八姝丽正是十六岁芳龄，那么，公主现在就该是二十八？天哪，这真是不敢想，罪过罪过。在那个时代，二十八岁的女人不出嫁，不是怪物，就是妖精。

但这怪不得公主。公主虽然傲气，但在这个问题上，并不十分消极。那么该怪谁呢？老宫女想了又想，似乎谁也怪不得，好像就在冥冥之中，有什么一直在和公主作对。确切地说，是在和公主的婚姻作对。

老宫女记得，十二年前，第一个踏上燕王宫红地毯的，是相貌堂堂的齐国太子。齐国太子宏第一眼看到芥兰就想起了少年时代的大雪红梅。那是他第一次出宫，一场大雪过后，四处白得茫然。在那茫然一片的白色中，有几粒血点似的寒梅。他欣喜若狂，不顾侍卫的阻拦扑了过去。在初升的阳光下，那梅花红得发亮，亮成了金红，他一直呆立雪中直到脚下的雪全部化了。从此以后，美丽这个抽象的词便化作了大雪红梅的具象。何况那天公主穿的正是鲜艳的红绫裙，并且额上戴着镶红宝石的珠花，披着银丝镂花的披风，活脱脱再现了太子宏关于美的全部概念。

都说是一对璧人，都盼着婚期临近。燕王动用了国库里一切价值连城的璞玉，请来最好的匠人，为心爱的女儿雕龙凤床。公主说，要雕九尾龙、九翅凤，上镶宝石、玛瑙、翡翠、珊瑚枝、碧霞洗，要有氤氲之香，要有各色鲜花铺叠，朱纶黄幄，绣凤长衾，令新人如入珠林宝树之中。然而就在龙凤床的香气氤氲升起的时候，齐燕之战开始了。战争隔绝了一对璧人。公主把自己关在宫中一年多不愿见人，等再出来的时候，本来倨傲的脾气更加刁蛮了。

芥兰公主在一年之内换了十五个贴身宫女，严格地说并不是换，而是"接替"，因为每一个不合用的宫女都被她杀掉了。芥兰这个美丽的名字成为血腥嗜杀的代名词。所有燕国的小孩子还在襁褓之中的时候就听到父母用"芥兰公主"来吓唬他们。在他们有限的想象中，芥兰公主生红发，持利剑，能从月夜的窗口飞进来杀人，而且百发百中。

接下来的十一年里，几乎所有杰出的中原男儿都通过各种渠道进入过芥兰公主的视野，然后像沙子似的纷纷从筛子孔里漏出，命运不济的，还遭受过公主的荼毒与羞辱，甚至被赐死。

二十五岁上芥兰公主开始养男宠。但是平心而论，芥兰不是一个淫荡的女人，她更多的似乎为着某种形而上的需要。

那些男宠大半都是当时燕国的才子诗人、文学男青年之类。他们在一起常常高谈阔论,忧国忧民,并且吟诗作赋,呵佛骂祖,最后醍醐灌顶,一醉方休。

但是芥兰很快就对这样的生活厌倦了。她开始女扮男装微服私访到处云游,想发现点儿什么,改变点儿什么。但是她也很快就悟到:什么也发现不了,什么也改变不了。在她自以为已经非常平民化的时候,仍然被平民们一眼认出与众不同。她用锅灰涂脸,穿乞丐服,但是她的美丽和高贵在骨子里,在血液中,因此无法改变什么。有一天,她在一家小饭铺里吃饭,吃的是醪糟汤圆,她一小口一小口地抿着,这是在宫里没吃过的东西,她觉得很好吃。两个侍从陪着她,尽管他们对于醪糟汤圆毫无兴趣,也只好一人要了一碗,味同嚼蜡地吃着。当时太阳光正好照在他们的碗边上,那是即将落山的夕阳,金晃晃的,那个黄昏带着一种回光返照式的明亮,那种明亮在芥兰看来就是一种惨淡,那种惨淡如同水一般渗入了她的心里,躲也躲不掉。她低头一小口一小口地吃着,渐渐似乎没了味觉,有一种令人感动的东西穿透了重重岁月,从尘封的往事中涌上来了,变成了一滴清泪,静悄悄地涌出来,就挂在眼角上。

剑客荆轲就是在这时出现的。

当时荆轲穿土布直裰,梳披肩长发,背一柄长剑,挎一把腰刀,背后是金黄的夕阳,阳光把他的头发一根根地梳理得非常透明,那种透明成了一种轮廓,以至芥兰看到的是一个金色轮廓的高大剪影。芥兰看到那剪影便觉得心里有什么东西震动了一下,芥兰忽然悟到她一直感动着的是什么。她的泪在为谁而流。她生平第一次发现,她需要仰视一个男人,因为,这个男人是永远不会跪在她的脚下的。

荆轲当时要了一大碗牛肉面。他大口吃着,吃得很香,啧啧出声。她隔着侍从牢牢地盯着他。她看清了他浓眉下的那双剑目,他的睫毛很长,皮肤是漂亮的茶褐色,她真的觉得这个男人身上有一点什么迷人的地方。说不清,反正是一种难以抗拒的东西。

芥兰把一碗醪糟推到他面前。他抬起头怔了怔。侍从说:"我们公……公子说,请你尝尝这碗醪糟。"于是他看了她一眼,他的目光立即被粘住了——他还从没有见过如此美貌的青年公子。她双眉入鬓,目若晨星,面似凝脂,乌发如云,尽管穿一身家常衣裳,那气质风度,竟如华胄显贵,荆轲一时看得呆了。

他一口将醪糟喝下,皱起眉头。

"怎么?不好吃吗?"芥兰斜睨了他一眼。

他砰地把碗放下:"不好吃!"

芥兰倏地立起,拔剑,如同条件反射一般,来不及多想,那剑明晃晃直指荆轲咽喉。剑尖就在他的皮肉旁上下晃动,只要轻轻用力,那里就会立即成为鲜血的沼泽。

但是荆轲一动不动,甚至连看也不看她。

不知僵持了多久,芥兰突然把剑收回,哈哈狂笑:"好!

好！好！……我终于碰上一个敢对我说真话的人了！"

芥兰把荆轲带回燕国，介绍给了哥哥燕太子丹。太子丹与荆轲一见如故，之后的故事基本上就是史书上我们十分熟悉的那段往事了。但是也有些是史书上没有，或者古人还不大注意的细节，譬如，太子丹实际上具有同性恋倾向，他非常热爱高大威猛的剑客，因为他自己是个先天不足、发育不良的娘娘腔男人。他忌妒妹妹芥兰，芥兰淘汰下来的那些男人他都收为自己的门客。

在荆轲接受了那个惊天动地的使命之后足足准备了两年。两年之内他必须拒绝所有的诱惑，洗心革面，卧薪尝胆。当然，也必须拒绝芥兰，他这一生的最爱。他甚至不能告诉她他要做什么。

在两千多年前他们即将分手的那个夜晚，月亮是蓝色的，像一块蓝冰玻璃镜，同时出现的还有星星，也是蓝色的，给人的感觉很凉。荆轲的佩剑也在夜里寒光闪闪。当时他们站在芥兰公主寝宫后面的那片竹园里，竹子的阴影也是凉森森的。所以在芥兰的记忆中，那个初秋的夜晚很凉。

披发仗剑的荆轲流露出难得一见的温柔，他双手捧起芥兰的脸蛋儿，心疼地看到那脸上有点点泪光。芥兰感觉到他那双结了一层厚厚的硬茧的大手又热又软，忽然觉得自己化成了一摊水，这是她有生以来从未有过的感觉。平常，她总是在外人面前穿着又厚又硬的铠甲，就连剑也刺不透，时间长了，她连自己也疑惑，是不是自己就是个坚如钢铁的女人，根本就不需要男人？而现在，她在瞬间卸去了甲胄，才突然明白，原来她柔软如水，比一般的女人更柔软，之所以一直没有这种感觉，是因为一直没有遇上真正令她心仪的男人。

男人抱怨女人不像女人是因为他们不像男人。

有的男人，可以用目光拥抱一个女人，可以在瞬间塑造一个女人，荆轲就是这样的男人。

十多年来，芥兰经过无数的男人，但只有她自己才知道，如今她还是个处女。天哪，只有鬼才相信！但这是真的。原因有各种各样，但是根本的原因只有一个，那就是，几乎所有的男人在面对她的时候都突然阳痿，勉强不阳痿的，也会在她的美丽和高贵面前因缺乏自信而变得索然无味。而她，本来便觉得与那些男人做爱已是屈尊，是舍而求其次，遇到此等情况，就更是恼怒万分，为保全皇室的尊严，也只好让他们和在场的无辜的宫女一起，杀无赦了。

芥兰公主嗜杀的名声自然也传到了荆轲的耳朵里。

但是荆轲眼里的芥兰，却是那么纯情，那么温柔，虽然偶尔也发一点点小脾气，但总的来说是很有女人味的。芥兰曾经给荆轲看过自己的身体，那是一天午间小憩之后，荆轲进帐请安，芥兰通身光裸，只披一件薄如蝉翼的轻纱。因为没有生育，年近三十的芥兰仍然保持着优美的身材。她的削肩细腰与小巧的乳房正是那个时代所最推崇的女性美。如果说她的身体有什么缺点，那么只能说她的腰稍稍长了一点，还有，因为出生时绕了脐带，她的肚脐长得不那么好看，于是她就扬长避短地在肚脐上穿了一只银环,那银环上的花是她亲自刻的,镶一粒价值连城的宝玉。在很长的一段时日里,那枚镶翠银环成为她杀人的一个号令,有幸见过这枚银环而至今尚在人世的,大概只有她的乳娘了。

但是荆轲成为了例外。

在那个蓝月亮的寒冷夜晚,竹园里的荆轲再次看到了那枚银环。当时芥兰脱去衣裳对着月亮喃喃自语,她说的是那个时代的话语,翻译成为现代语言便是:"哦,荆卿,我的身子是你的,整个儿都是你的……"但是眩晕中的荆轲仍然没有忘记他的英雄大业:"不,芥兰,我爱你。但是,不能。你懂吗?我这一生不是属于我自己的!""我知道,我当然懂。你是属于燕国的,你也许负了什么特殊的使命,但是没有关系,这是我心甘情愿,我等了你整整一生,不想错过你,我这一生,总要有一次完整的爱啊!"说完这些话,芥兰看到荆轲的眼睛里竟也闪起了泪光,他低下头,他的半张脸几乎被头发遮住了。荆轲这时心里十分复杂,有些话,连对芥兰也不能说。芥兰怎么能知道他负的是什么样的使命?!又怎么能知道燕太子丹为了让他完成这项使命使出了什么样的招数,什么样的杀手锏?!荆轲自认为在芥兰面前,已经十分地不洁了。那是在三个月前,太子丹为荆轲找来了良骧宝剑,都是天下闻名的至宝,荆轲一喜之下,与太子丹豪饮起来,先是用盏,然后用樽,最后用瓮。然后,就昏昏沉沉地闻见一股香气,比麝香悠长,比花香浓烈,比药香柔软,比沉香迷醉,就舒服地躺在了那一片香气四溢的云朵上，如梦如幻，好像有人脱去了他的衣服，与他云雨一番，彼时他觉得周身松弛无一丝力气，如同身处锦绣繁华地，温柔富贵乡，其清新旷远，正是神仙洞府的味道。那令人销魂的一刻，即便死了，也是值得的了。

翌日醒来，未免大惊：身旁裸卧者，正是燕太子丹！剑客荆轲立即从醉酒中惊醒，如同关在笼里的野兽在宫闱中转了几转，还好，未见卫士宫女，忙乱中只抓了一枚竹简，匆匆写道："酒后失德，罪该万死，大恩必报，后会有期！"写完把竹简一扔，转身就走，这才发现殿门是锁着的。

太子丹鹰犬般阴鸷的笑声在身后幽幽地响起了："荆卿，何必如此见外？你我本是兄弟，有金兰之契为证。既为兄弟，有何事不能商量？荆卿实在是过于苛责自己了！"

荆轲没有回头："太子对小人恩重如山，小人肝脑涂地不能报也，小人虽为一介莽夫，也懂得大丈夫一诺千金的道理，既然小人早已答应刺秦大计，太子又何苦出此下策，令小人难堪呢?！"

荆轲说出"刺秦"二字的时候太子丹大大地颤抖了一下，一双小眼睛滴溜溜转了一下，四顾无人，方才应道："荆卿误我深矣！我虽贵为太子，却是个不幸之人！儿时得过痹症，七岁方能行走，常受芥兰等弟妹耻笑，今遇荆卿，如久旱之逢甘霖，又岂能随意错过?！荆卿高大威严，侠肝义胆，文韬武略，真男儿也！蒙卿不弃结为兄弟，我岂能只为用卿，实在视卿为至爱矣！良骧宝剑都不足以表达爱卿之情，只有献上贱体，才能报卿于万一呀！"

这一番告白自然让热血男儿荆轲五内俱焚，恨不能将刺秦的计划提前，让自己提前死去。然而自那天始，他总是觉得有种说不出来的别扭。特别是对于芥兰，他总是寻找各种理由回避。如今，他面对着芥兰，这个在燕国的传说中嗜杀成性的美丽公主，什么也说不出，只能默默地在心里流泪。

而芥兰，却误以为荆轲只是一心为她以后的幸福着想，更加感佩，一恸之下，竟揪下了那枚银环，银环上还沾着血，还有芥兰公主热气腾腾的肉香，放在了荆轲的巨掌之中。

荆轲把双手慢慢合拢了。

"公主殿下，告辞了！"荆轲强忍泪水，长揖到地。

"不！不！！"芥兰扑上去死死抱着他，十根葱管似的手指直掐进他的肉里。

荆轲默默无语地站立着，他觉得，心在悄悄地一点一点地碎裂。

"那你告诉我，你是不是……最爱我？"芥兰的手指已经把荆轲的胳膊掐紫了。

荆轲重重点一下头，重得就像一块大石落地。

"我是不是你见过的最美的女人？！"芥兰为自己最后的小小虚荣不屈不挠。

荆轲突然默不作声！

这是一种危险的令人胆寒的沉默。芥兰的眼睛从泪水中挣扎出来,直盯盯地瞪着这个一生中惟一爱上的男人。

"不。"

荆轲的声音很小,但是在那个有着蓝色月亮的夜晚,显得很大,很清晰。

"你说什么?!"

"荆轲一生最爱公主,但是公主并不是我见过的最美的女人。"荆轲好像已经从痛苦的心碎中挣脱出来,正在清醒。

"那你说,你觉得哪个女人最美?!"芥兰灼热的爱瞬间化作一腔怒火。

"神巫女觋。"

"你说什么?!"

"女觋,她是我一生中见过的最美的女人。"

"哈——哈哈……"芥兰公主再次狂笑了,面对着荆轲,这个千古一绝的剑客,狂笑不止,"天哪,天……哪,哈哈……哈,你见到的,大概是女觋的曾孙女吧?可惜她是神巫。不会有什么曾孙女,除非……除非她是个花女觋,哈哈……也不是不可能啊,有花神汉,就会有花女觋……也没什么新鲜的……"

"公主殿下,女觋的确已经快一百岁了,但是荆轲认为,美与年龄一点儿关系也没有。女觋,是个一百岁的美女。"

芥兰停止了笑,惊异地上下打量着荆轲,慢慢地,目光变得恍惚了。

在那个有着蓝色月亮的夜晚,荆轲走后,芥兰公主独自一人恍恍惚惚漫无目的地走着，就那样走出了竹园后面的小宫门。那条石子铺成的甬道依然像小时候那样蜿蜒着，她只穿了薄薄的软缎绣花鞋，一粒粒的小石子硌得脚趾生疼，可小时候光脚踩着石子为什么不觉着疼？物是人非啊，再过几年，恐怕要拄着拐杖走路了。她脑子里立即出现了一个灰白头发的老媪，一步一颤地走着，假如真是那样，不如死了的好。她想。在这个失去爱的夜晚，她突然对于死亡充满了恐惧。

为什么不去看看那个一百岁的美女呢？

芥兰心念一动，一下便加快了步伐。那个神巫处所的女觋，的确是与自己有些缘分，可能是孽缘吧，谁知道呢？

神巫洞笼罩在蓝色雾霭之中。好像进入了一个陈年旧梦，芥兰看着那三个由燕王亲笔题写的字发呆。一个打着灯笼的小巫向她欠身，细微微的颈子如同春韭一般娇嫩，说话的声音也含着一股奶气："可是芥兰公主殿下？女觋请您进去呢。"

芥兰随着那一点灯光，一直觉得自己是在梦中，飘悠悠穿过黑暗的洞穴，来到一处有亮光的地方。举目望去，见一女子端坐正中，鬓发如银，长垂如瀑，肌肤枯白，修眉秀目，眉目之间有一点神韵，目光如炬，光彩照人，心想这便是女觋了。气势上须不能输给她，于是轻启莲步，旁若无人地拾阶而上，站在高处，居高临下地朗声问道："你可是神巫洞的女觋？"

女觋并没有抬眼,答道:"正是。"

芥兰蓦然拔剑,叱道:"大胆妖巫!汝占据神巫洞穴多年,修持不力,心猿意马,早该关汝洞门。念汝年迈,只问汝三个问题,答出便罢,若是答不出,便休怪我无情了!!"

女觋依然没有抬眼:"阁下请问。"

芥兰见她仍大大咧咧地坐着,动也不动,连公主也不称呼,只称阁下,心中更加恼怒,道:"女觋听好。我要你用譬喻之法,讲述人生。我问你,神巫三界如何比喻?"

芥兰话音刚落,女觋便应声答道:"神界如星,巫界如舟,觋界如城。"

"那么愿力与正见呢?"

"愿力如根本,正见如铠甲。"

"闻法如何,因果又如何?"

"闻法如求医,因果如种植。"

"哼,算你还有些门道,如此却不能轻饶了你!"芥兰狠狠把剑插入剑鞘,"我要问你三百个问题!"

"请问。"女觋依然宁静平和。

"生死怎讲?"

"生死如长夜。"

"情爱怎讲?"

"情爱如椿缆。"

"智慧?"

"智慧如光明。"

"劝信？

"劝信如传灯。"

"修行？"

"修行如作战。"

"精进？"

"精进如冲锋。"

"往生？"

"往生如不朽。"

"无明？"

"无明如乌云。"

"信心？"

"信心如禾苗。"

"忏悔？"

"忏悔如除垢。"

"静思？"

"静思如金玉。"

"慈悲？"

"慈悲如冬日。"

"扬德？"

"扬德如报恩。"

"净心？"

"净心如净土。"

"平直？"

"平直如道场。"

"戒律?"

"戒律如良师。"

"布施?"

"布施如播种。"

"皈依?"

"皈依如靠山。"

"参学?"

"参学如探宝。"

"五蕴?"

"五蕴如苦聚。"

"三界?"

"三界如闭宅。"

"六尘?"

"六尘如魔魇。"

"欲望?"

"欲望如深渊。"

"烦恼?"

"烦恼如逆缘。"

……

那一个夜晚,这样的一问一答不知持续了多久,直到东方出现了一丝曙光,问的声音从暴怒走向平静,又走向沉潜,感佩,心悦诚服……答的声音则如一潭深水,波澜不惊。后来，在太阳的万道金光照进寺院的时候，她们的声音渐渐沉寂了。

芥兰公主凝视着这位巍然不动的女觋，看着她那水波不兴的眼睛和慈悲端严的脸，忽然从中读出一种经历过尘劫的枯澹与悲悯，那是一种极其高级的美，那种美足以令一切世俗之美少了元气与精神，因而显出衰败的征象。

荆轲没有说错，她的确是世界上最美的女人。

"女觋，收下我吧，我愿拜您为师，留在洞穴做你的女侍。"

在女觋回答了第三百个问题之后，芥兰终于彻底折服了。女觋微微一笑："人世沧桑，譬如日升月落，残缺无常；生涯流离，譬如草木零落，境随风转；譬喻，是月主的灵光，是日主的圆音，是它引领世人入我祠琅，芥兰公主，你有福了。"

这是女觋留在世上的最后几句话。

女觋故去之后，芥兰留在祠琅山中，改名荧惑。数月之后，荆轲刺秦的消息传来，燕国举国悲痛，太子丹遣人到祠琅山报信，荧惑当时正在主持月主灵光，荧惑看到信使便颤抖起来，领诵巫文的声音变成了一种鸟类的哀鸣。当她听说荆轲被五马分尸之后就失去了知觉，她把自己关进女觋生前施行法术的神巫堂里，从里面把神巫堂的门反锁了起来，不知过了多久，大家都害怕了，经过南斗日主的同意，撬开了房门——房间里竟然空无一人，大家都呆了。

后来，听说荆轲的头失踪了，同时失踪的还有一根手指，手指上面套着一只银环，那银环被人怀疑是一种很厉害的暗器。

几年之后，芥兰回到祠琅山，众位尼僧几乎认不出她来，她的一头乌发变得银白如雪，就像当年的女觋。谁也想不起来她就是芥兰公主，芥兰，似乎已经从世界上彻底消失了。

关于芥兰，史书上只有几句话可查："芥兰，燕王之女。绝色。性乖张。尝养清客，唯不及乱。后不知所终也。"云云，云云。

图书在版编目（CIP）数据

双鱼星座 / 徐小斌著. -- 南京：江苏凤凰文艺出版社，2024.8（2025.5重印）
ISBN 978-7-5594-8154-2

Ⅰ．①双… Ⅱ．①徐… Ⅲ．①中篇小说－小说集－中国－当代②短篇小说－小说集－中国－当代 Ⅳ．①I247.7

中国国家版本馆CIP数据核字（2024）第000033号

双鱼星座

徐小斌 著

出 版 人	张在健
策划统筹	孙 茜
责任编辑	姜业雨
装帧设计	昆 词
责任印制	杨 丹
出版发行	江苏凤凰文艺出版社
	南京市中央路165号,邮编:210009
网 址	http://www.jswenyi.com
印 刷	苏州市越洋印刷有限公司
开 本	880毫米×1230毫米 1/32
印 张	7.875
字 数	160千字
版 次	2024年8月第1版
印 次	2025年5月第2次印刷
书 号	ISBN 978-7-5594-8154-2
定 价	52.00元

江苏凤凰文艺版图书凡印刷、装订错误，可向出版社调换，联系电话 025-83280257